アリス
優人たちを異世界に召喚した
謎多きお姫様。
遠藤（エンドウ）
クラスのヤンチャ
男子のリーダー格。
優人を目の敵にしている。
白鳥 香純（シラトリ カスミ）
クラス委員長。
正義感が強くて仕切り屋。
ミヤ
冒険者ギルドの受付嬢。
いつも眠そうだが、仕事はしっかり。
JN216214

プロローグ

俺の名前は枝本優人。十七歳の高校二年生。

ただいま学校で、クラスの皆が大好きな朝のホームルームに参加している。

「は～い、今日は五時間目に修学旅行のグループ決めやるから、そのつもりでなぁ」

我らが2年C組の担任を務める女教師、小林先生が気怠そうに宣言する。

たちまち、教室は興奮した生徒達の狂騒で満たされた。

「おぉー!! 修学旅行きたぁー!!」

「俺とグループ組みたい奴、挙手ー!!」

「誰もいねえよ、バーカ!」

おバカ学校の微笑ましい朝の教室風景である。そんなヤンチャ男子たちのやり取りを見て、クラスの奴らはどっと笑う。心なしか、小林先生も微笑んでいるように見える。

一方俺はというと、皆とは正反対に顔をしかめ、机に頬杖をついてそっぽを向いていた。

――動物園のサルか、こいつら？ いや、むしろ池にいる鯉だな。修学旅行という餌を撒かれて、ピチピチ暴れる鯉のようだ。

俺が話の輪に加わらず、こうして一人心中で毒づいている理由は、クラスで居場所がない〝ぼっち〟だからである。

俺がぼっちになった理由は腐るほどあるが、その一番は、俺が中途半端なオタクだからだろう。

マンガやゲーム、ラノベを少し嗜む程度だが、教室で堂々とアイドル系の音ゲーをやったりアニメを見たりする完全なオタクにはなりきれない。

だからと言って、四六時中騒いでいるヤンチャなグループにも入れない。「騒いじゃう俺かっこいいー」とか、「ツッコミ入れる俺おもしれー」とか、そんなことを考えている有象無象が子供っぽく思えてしまうから。

だから俺は、ぼっちでいいやと思った。

なんで今時の高校生って、フツーな人たちがいないんだろ？

幸い、俺は完璧に一人ぼっちというわけではない。話せる相手が一人だけいる。

俺にはそれだけで十分だった。

ホームルームが終わり、ロッカーに授業の教材を取りに行こうと皆が慌ただしく動き出す。

そんな中、俺の制服の袖がちょいちょい、と遠慮がちに引っ張られているのに気がついた。

「ねぇ、ねぇ、杖本君」

おや？　天使かな？　そう勘違いするのも大袈裟ではないほど綺麗な声。

振り向くと、そこにはニコッと満面の笑みを浮かべる美少女がいた。

肩までかかる茶色の髪に、くりっとした大きな瞳が特徴の幼さが残る顔。肌は汚れを知らないように白く、きめ細かい。

なんだ、本当に天使だったか——じゃなくて、学校一可愛いと噂されている美少女で、クラスメイトの橘愛加梨さんである。

「ど、どうしたの？」

俺は引きつった笑みを浮かべながらも、辛うじて平静を装って返す。

うわぁ、今の俺、相当気持ち悪い顔してるんだろうなぁ。橘さんの姿を見るだけでもままならないのに、間近で会話するのはハンパなく緊張するのだ。俺の顔面偏差値が四十くらいなのは何も関係がない。

——元からブサイクなだけだろって思った奴……勘弁してください。

「う～ん、杖本君、一人だけ元気ないなって思って」

小柄な橘さんは上目遣いで俺の顔を覗き込む。うう、可愛いなぁ。

この美少女こそが、俺の唯一の話し相手である。

「そ、そんなことないよ。いつも通り」

ぼっちの上に大してかっこよくもない俺が、なぜこんな美少女とお近づきになれたのかと言うと、それは俺が、ひょんなことから橘さんの秘密を知ってしまったからだ。彼女と仲の良い友達はおろか、クラスの誰も知らない秘密を、俺だけが。

彼女は去り際に、皆に気づかれないようにこう言い残した。

「今日、またお昼に図書室でお話ししようね。昨日発売された、ラノベの話」

そう、彼女は……隠れオタクだったのだ！

二ヵ月前の昼休み、俺はいつものように図書室でラノベを読んでいた。

休み時間だというのに、図書室には俺以外誰もいなかった。それが普段通りの光景だ。

そこに、橘さんが現れた。

周りの視線を気にするように、こっそり図書室に入ってくると、彼女は上着の内側に隠していた本を取り出して、立ったまま読み始めた。まるで本の続きが気になって、居ても立ってもいられない、という感じで。

食い入るように本に目を落としながら、彼女は俺の正面の席に座った。

どうやら本に集中しすぎて、俺がいることに気がついていないみたいだ。いや、ただ単に俺の影が薄いだけかもしれないけど。

そのまましばらく、沈黙が続く。俺にとっては緊張の時間だ。

十分ほどすると、切りのいいところまで進んだのか、彼女は本に栞（しおり）を挟んで机の上に置いた。

そこで初めて、彼女は俺の存在に気がついた。

そして、真正面に座っていた俺には、彼女の読んでいる本がバッチリ確認できた。若者向け娯楽小説のジャンルで、オタク文化の一端を担う——ライトノベルだったのだ。

彼女は、購入したばかりのラノベの続きが気になるあまり、友達やクラスメイトにも内緒で教室を抜け出して、人気（ひとけ）の少ない図書室に来たらしい。

あの時の橘さんの真っ赤な顔は今でも忘れない。

そんなにラノベを読んでいることを知られたくないなら、まず図書室に誰かいないかちゃんと確認するべきだし、本にカバーでも掛ければいいのになぁ、とも思ったが、そういうドジな部分もまた可愛いので、良しとしておこう。

学校でただ一人、彼女の趣味を知った俺は、オタクトークの相手にされてしまうのだった。

これが、超絶美少女で隠れオタクの橘さんとお近づきになれたきっかけである。

＊＊＊＊＊＊

ようやくお昼休み。

授業中もヤンチャな男子たちが修学旅行の話で大盛り上がりしていてウザかったが、このあと訪れるハッピータイムのことを思って、俺は早退せずに耐えていた。

ハッピータイムというのは、もちろん橘さんとのオタクトークである。

俺はコンビニで買ったパンを早々に平らげ、図書室に向かった。

今日も図書室には誰もいない。

学生の読書離れは深刻だなぁ、なんて考えながら、俺はいつも座っている端っこの席につく。

でもまあ、お蔭で周りを気にせず橘さんとお話しできるわけだし、好都合だ。

俺はこのお昼休みのためだけに学校に来ていると言ってもいい。

相当気持ち悪い思考だが、他の奴らだって似たようなものだ。

部活のためだけに学校に来ている奴、友達とバカ騒ぎするためだけに学校に来ている奴、好きな子とお話しするためだけに学校に来ている奴、どこが違うというのだろう？

そんなことを考えていると、カラッと音を立てて図書室のドアが開かれた。

目を向けると、そこには満面の笑みを浮かべた橘さん。

さあ始まりますよ、俺のハッピータイム。


「そういえばさぁ〜、この前貸したアニメのＤＶＤ、もう見た？」

真向かいの席に座った橘さんが、笑顔で俺に問いかけた。

「あぁー、見た見た。面白かったよ」

「ホント⁉　じゃあ今度原作持ってきてあげようか？」

「えっ？　う、うん。是非貸してください！」

薄暗い図書室に、二人っきりのオタクトークが響く。

やばい、超幸せ。今まで友達はおろか、知人すらできなかった俺の前に、天使が舞い降りた。

これ一生分の運を使い果たしてるんじゃないの？

このままラブコメ路線に突入して、俺は橘さんと幸せなゴールへと辿り着けるのか⁉

……まあ、そんなの無理って分かってるんですけどね。愚かな妄想でした。

「杖本君はさぁ、クラスの人と仲良くしないの？」

「えっ？」

突然話題が変わり、俺は驚いて橘さんの顔を見た。心なしか、悲しそうな表情を浮かべている。

「いや、杖本君て、ちゃんと話せば面白いし、クラスの人たちと仲良くできるんじゃないかなって」

「あぁー、そういうこと……。ん～、俺には無理かなぁ」

「……どうして？」

「遠藤とか山下とか、騒ぎまくる連中と仲良くできる気がしないんだよなぁ。それに、いつも教室の隅っこで固まってる中野たちとも、難しいと思う」

橘さんは下を向いて黙り込んでしまった。

そう、今さら俺はクラスの奴らと仲良くなんてできない。

クラス内で確立されたグループに、後からよそ者が入り込むのはかなり難しいのだ。リア充の遠藤たちが、中野たちのオタクグループに入ることが不可能なように、中途半端オタクの俺は、そのどちらのグループにも入ることができない。

それに、高校二年の後半に入った今では、もう手遅れだ。

「でもさ……話し相手が教室で寂しそうにしてるのを見るのは、結構辛いんだよ？」

「寂しそう、って……俺が？」

「うん……」

俺、教室だとそんな感じに見えるのか。

実際は全然寂しいと思っていないんだが、無意識にそういう顔をしているのかもしれない。

でも、橘さんの意見はごもっともだ。こうしていつも話している相手が、クラスで除け者にされていたら、穏やかな気持ちではいられないだろう。

俺はぼっちのままでも大丈夫だけど、橘さんにそんな悲しい顔してほしくないなぁ。

照れ隠しに頬をポリポリ掻きながら、俺は口を開いた。

「ま、まあ、修学旅行もあるし、その時にでも仲良くしてみようかなぁ……なんて」

すると橘さんは、パッと笑顔を咲かせた。

「うん！　それがいいよ！　修学旅行ならきっと友達できるよ！」

「う、うん。まあ頑張ってみるよ」

正直あんまり気乗りはしないけど、橘さんのためなら仕方ないな。

あの騒がしい連中とも、少しは仲良くしようと思う。橘さんのために。


そんなこんなありまして、待望の五時間目。

教室は耳を塞ぎたくなるほどの喧騒に包まれていた。

「せんせー！　お風呂は混浴ですかー!?」

「夜に部屋抜け出して女子のところに行くのはありですかー!?」

「向こうでナンパしてもいいですかー!?」

やばい、超うるさい。やっぱりこいつらと仲良くするなんて無理。絶対無理。勘弁してくれよ。

俺の心は早くも折れかけていた。

「ナンパも夜這いも全部ダメだ！　まったく、お前らはぁ」

そう呆れた調子で口にする小林先生だが、口元は微笑んでいた。

自分のクラスが元気いっぱいで嬉しいのだろう。

クラスのバカ共に負けじと、委員長の白鳥さんが声を張り上げた。

「騒いでないで、さっさとグループ決め始めなさい！」

『おぉーーー!!』

おぉー、うるさいうるさい。俺はついに耳を塞いでそっぽを向いてしまった。

「私が戻ってくるまでに決めておくんだぞぉ～」

小林先生はそう言い残して教室を出ていった。

これで完全に修学旅行のグループ決めは生徒たちに一任――いや、丸投げされた形だ。

生徒諸君らは各々に動き出し、仲の良い者同士で固まっていく。早くもグループが決まった奴らが、黒板に名前を書き始めていた。

その光景を教室の隅の席で眺めている俺。

ここで動かずに、どこかのグループがお情けで誘ってくれるのを待つのが、いつもの俺だった。

だけど、今は違う。俺は〝ある決意〟を胸に、自ら動く。橘さんの悲しい顔をもう見ないために。

人生で初めて、「仲間にい～れて」を絶対に成功させてやるんだ。

いくぞ。いってやるぞ。自信を持て、杖本優人。お前ならできる。

よ～し、3……2……1……0！

俺は勢いよく席を立ち、黒板周辺に集まっている奴らの方へ歩み寄った。

初めて友達づくりのために踏み出した一歩。

俺はこの一歩が、一人ぼっちの自分から抜け出すための大きな前進になると思っていた。

……だけど、そうはならなかった。

突如、予想だにしていなかった出来事が起こった。

教室の床が、眩（まばゆ）く光り出したのだ。

占いなどでよく見る、魔法陣のようなものが教室の床に出現して、真っ白な光を放っていた。

えっ!?　なんだ、これ？

クラスの皆もこの現象に驚き、混乱しているようだったが、誰も何もできないまま、事態は進行していく。白い光は床のみでなく教室全体を覆い、視界を真っ白に塗りつぶす。

こうして、俺たちは教室から姿を消した。

異世界ぼっち誕生

1

寝起きに直射日光を浴びたかのような眩（まぶ）しさを堪（こら）えて、なんとか目を開けると、そこは一面、白い大理石の壁で覆われた大きな建物の中だった。

左右に木でできた横長の椅子が整然と並び、真ん中は細長い通路になっている。

まるで教会。そう思わせる内装の建物だ。

この場にいるのは俺だけではないようだ。周囲では教室にいたはずのクラスの連中が各々に不安や驚きの言葉を口にしてどよめいていた。

「えっ？　何が起こったんだ？」

「ここ、どこ？　怖い……」

ついさっきまで教室にいたはずなのに、いつの間にかクラス全員揃（そろ）ってこんな場所にいる。

考えられる原因は、床に現れた謎の魔法陣。そこから放たれた光にクラス全員が包まれて、ここに来てしまった。

だが、一体どんな原理でこんなことが起きたというのだろうか。

「お、おい。あれ、誰だよ？」

クラスの男子が指差す方向に、皆の視線が集まった。

そこには、俺たちのクラスには絶対いなかっただろう人間がいた。

学生達は皆共通の制服姿だったが、その中に純白のドレスに身を包んだ女性が一人。染めたとは思えないようなさらさらの金色の長髪に、ドレスに負けないくらいの真っ白な肌。

お姫様と言われたら迷わず信じてしまうような、そんな美人さんだ。

その人物は床に膝（ひざ）をついて祈るような姿勢でじっと構えていたが、俺たちの視線に気づいたのか、ゆっくりと立ち上がった。

「突然驚かせてしまって申し訳ございません」

透き通る綺麗な声が、教会のような建物内に響き渡った。

「あなたたちをここに招いたのはこの私です。王城都市の第一王女、アリスと申します」

アリスと名乗った美人さんは、感情を表に出さずに淡々と自己紹介をした。ていうか、ホントにお姫様だった。

どう反応すべきか分からずにクラスの連中が黙り込む中、一番リーダーシップのある委員長の白鳥さんが口火を切った。

「アリス、さん……でいいのかしら？　私たちをここに招いたというのはどういう意味？」

白鳥さんは黒髪をポニーテールにしたメガネ美人で、正義感が強い仕切り屋という委員長属性てんこ盛りのスーパーヒューマンである。

「分かりやすく言い直しましょう。この世界を救っていただくために、あなたたちを召喚したのです。勇者として」

アリスさんが相変わらずの無表情で答えた。さすがの白鳥さんもこれには口をぽかーんと開けて黙るしかなかった。

だが、そんな中でも混乱していない人物がただ一人だけいた。

「ゆ、勇者？　召喚？　あれ、これってもしかして……」

わくわくした様子で一人呟くのは、優しくて可愛くて隠れオタクの、あの橘さんだった。

彼女は興奮で緩んだ頬を隠しながら、隅っこにいる俺のもとにやってきた。

「杖本君、杖本君。これってもしかして異世界召喚って奴じゃないの。そうじゃないの。それっぽいよね。やばくない？」

おいおい、ハンパねえな橘さん。この状況でなんでそんなにテンション上げちゃってるの？　どんだけ肝っ玉据わってるんだよ。

いつもなら真っ先にぎゃーぎゃー喚く遠藤や山下たちも黙りこくっているし、オタクの中野たちはパニクって訳の分からない独り言を漏らしている。

白鳥さんはなんとか混乱から抜け出し、アリスさんに問い返した。

「今〝この世界〟って言ったわよね。それはつまり……ここは日本じゃないの？」

さも当然のように、アリスさんは言う。

「その通りです。ここは〝ラインヴィーゼ〟という名の世界。あなたたちの住んでいた世界とは全く別の……そうですね、剣と魔法の世界と言えば皆さんにも分かりやすいでしょうか」

普通なら頭がおかしいんじゃないかと思われても仕方のないようなことを、さも当然のように、アリスさんは言う。

「剣と……魔法⁉」

状況を呑み込めない白鳥さんが固まる一方で、俺の隣にいる橘さんのボルテージは最高潮に達した。

「き、き、き……来たぁぁぁ。剣と魔法。そして異世界。これは確定でしょー」

緊迫した場の雰囲気を察して声を殺しているが、そのテンションの高まりは明らかだ。

「この世界について、そしてあなたたちをここに召喚した理由を詳しくお話ししたいと思います。どうぞそちらにお掛けください」

アリスさんは整然と並んだ横長の椅子に座るよう促す。

橘さんは速攻で椅子に腰掛け、わくわくした様子でアリスさんの説明を待つ。尻込み（しりご）していたクラスの連中も、その姿を見て渋々（しぶしぶ）椅子に座り始めた。

「ほら杖本君、ここ」

橘さんはポンポンと座面を叩き、自分の隣に座るよう勧めてくる。俺は少し距離を置いて腰掛けた。

そしてアリスさんの説明が始まった。

アリスさんの説明を要約すればこんな感じ。

・ここは剣と魔法と魔物が溢れる、俺たちの世界で言うところのファンタジーな世界。
・二十年ほど前に魔王が出現し、世界各地の魔物が急増。人々の生活を脅かしている。
・魔王は世界各地に地下迷宮を八つ作った。それをすべて攻略すれば魔王が姿を現す。
・だが地下迷宮の攻略は難航して一向に進まないため、俺たち異世界人を召喚した。
・異世界人の俺たちは、好きな能力を一つ覚醒できるらしい。
・その能力を使ってダンジョン攻略を進めてほしいというのがアリスさんの望み。

色々ツッコミたいところではあるが、それをやっていたら話が進まない。

少々時間が経ったお蔭か、皆もだいぶ落ち着いてきたようで、アリスさんの説明を真剣に聞いていた。クラスのおバカさんたちも今は怖いくらい静かなので、逆に心配になるが。

教室からこの場所にワープするという不可思議な現象を目の当たりにして、皆多かれ少なかれこの世界をファンタジーワールドだと認めたらしい。

説明を聞き終わって一番最初に口を開いたのは、やはり委員長の白鳥さんだった。

「どういう理屈か分からないんだけど、地下迷宮を攻略すれば魔王が現れるっていう情報は確かなものなのかしら？」

これはもっともな指摘だ。話を聞いた限りでは都市伝説と変わらない。

するとアリスさんから驚きの一言が放たれた。

「これは魔王本人からの情報なのです」

これにはさすがに、俺を含めた全員がびっくりした。

「魔王からのって……あなたたちは本当にそれを信じてしまったの？　もし罠だったらどうするの」

「いえ、これは確かな情報です。地下迷宮を攻略すれば必ず魔王が姿を現します」

表情は変わらないが、絶対の自信を持っている様子でアリスさんは返す。

だがそれだけでは、うちの委員長を納得させるのには足りない。

「何か……根拠があるなら教えてもらえるかしら？」

「根拠はあります。ですが……お教えできません」

「そんなので信じられるわけないでしょう。ちゃんと全部教えて！」

「……できません」

ため息を吐いて頭を抱える白鳥さん。お疲れ様、委員長。

「まあいいわ。質問を変える。いつ私たちを元の世界に帰してくれるのかしら？」

「今は……できません。魔王を倒していただいてからでないと」

「できませんできませんって、そればっか。まるで中身のない説明をして、魔王を倒してこいなんて無茶にもほどがあるでしょう。あのね、私たちはまだ学生、子供なの。家族だって元の世界に残してきてる。この世界であなたたちのために命を張って戦う理由なんかどこにもないはずよ」

白鳥さんは鬱陶しそうにポニーテールを払ってから、そう吐き捨てた。

「そ、それは……」

これにはアリスさんも苦い顔をして口を噤むしかなかった。

勝手な都合でこの世界に連れてこられて、魔王を倒してからじゃないと元の世界には帰さないと言われたら、さすがに俺だってちょっとカチンとくる。振り回される側の身にもなって欲しいものだ。

ていうか、白鳥さんの顔がめっちゃ怖い！

こんな訳の分からない現象に見舞われてストレスが溜まってるんじゃ、と思ったが——

「だから、皆の意見を聞いてから決めるわ」

「えっ……」

予想外の言葉に、アリスさんは驚きの声を漏らす。

白鳥さんは席を立ってアリスさんの横に並ぶと、クラス全員の顔を見回した。

「アリスさんの言うことを信じて、この世界で戦ってもいいと思う人はその場に座っていて。もしそれが嫌な人がいるなら、挙手をして遠慮なく言うこと」

不思議なことに、誰も動こうとしなかった。雰囲気に呑まれて言い出し辛いのかと思ったが、どうやらそうではないようだ。

誰一人、嫌そうな顔をしていない。むしろ全員、頬を緩めてわくわくした様子だ。

「美人さんのお願いなら、聞かないわけにはいかないでしょう」

「そうそう。ちょっとした修学旅行みたいなもんだろ？　学校で勉強してるより楽しいっしょ」

いつもの調子を取り戻したヤンチャ男子たちがお気楽な感じで騒ぎだす。

「魔法とか、すごくない？　一度見てみたいかも～」

「私たちが勇者って、なんかドキドキするね。可愛いモンスターとかいるのかなぁ」

女子たちも楽しそうに話に花を咲かせている。

こいつら全員お気楽だな。ま、俺もそのおバカさんの一員なわけで、この世界にちょっとわくわくしている。魔法に魔物、地下迷宮か。

気づけば、クラス全員が言い知れぬやる気に満ちており、妙な団結力が生まれていた。これが皆と心を一つにするってことなのかぁ。

少し間をおいて、クラスの意思を確認した白鳥さんが口を開いた。

「反対の人は誰もいないみたいね。まあ、このとおり私達バカだから頼りないかもしれないけど、それでもよければ勇者として魔王退治に協力させてもらうわ」

かっこいいなぁ、委員長。突き放すと思いきやの手の平返し。この台詞はイケメンすぎる。

白鳥さんは、アリスさんに握手を求めて手を差し伸べた。

それを見たアリスさんは瞳を潤ませながら小さく一言。

「……みなさま」

アリスさんはゆっくりと、とても大切そうに白鳥さんの手を取った。

「よろしくお願いします」

アリスさんはそう言って、人形のように可愛らしい笑顔を俺たちに初めて見せた。

2

勇者として魔王を倒すことを決めた俺たち二年C組の面々は、続いて能力覚醒の儀式に取り掛かろうとしていた。

儀式と言っても、至ってシンプル。この場所で発現させたい能力を頭の中で強くイメージするだけ。たったそれだけのことで、俺たちは超能力者になれるそうだ。

「まずはご自身のステータスをご確認ください。頭の中で『ステータス』と念じてみてください」

再び無表情に返ったアリスさんの言葉を受け、皆は言われた通りにステータスを確認する。

そして湧き上がる男子の歓声。

「うおぉ、すげぇ！　なんか頭に直接きたぁー!!」

「俺の筋力20もあるぞぉー!!」

皆が盛り上がる姿を見て、俺も自分のステータスが気になり確認してみる。

ステータスっと。

【名前】ツエモト　ユウト
【レベル】1
【HP】20／20　【MP】0／0

【筋力】12　【耐久】7　【敏捷】10　【魔力】0

うおぉー、すげぇー。頭の中に直接情報が送られてくるぅー。

思わずおバカ男子たちと同じような反応をして、改めて自分のステータスを見定める。

名前はそのままで、レベルが付いている。若干小柄で帰宅部な俺に相応しいステータス内容だ。

何を基準にしてこの数値になっているかは不明だが、おおよそこれくらいが一般ピーポーの数値だろう。ヤンチャ男子に筋力負けしているけど、く、悔しくなんか、ないでござるよ。

それにしても、なんでああいう奴らって、部活にも入ってないのに無駄に筋トレとかするんだろう。ボディービルダーでも目指してんのかな、って思うわ。ま、ぼっちには分からない領域の話だけど。

皆が自分のステータスを確認するのを待って、アリスさんは説明を再開した。

「あなた方はどんな能力でも一つだけ発現可能です。ただし、強すぎる能力には欠点や負荷が生じます。変更も取り消しも不可能なので、くれぐれも慎重にお考えください」

デメリットがあることを知って、皆それぞれどんな能力にするか悩みはじめた。

そのままかれこれ二十分経過。まあ、魔王を倒すための強力な力を選ぶわけだから、それは慎重にならざるを得ない。

そんな中でも、一際険しい表情の人物が俺の隣に座っていた。

「う～ん、どんな能力にしようかなぁ～？　やっぱりここは最強系の能力を選ぶべき？　でも、強すぎるとデメリットとリスクがあるんだよねぇ～。う～ん……難しい！」

頭痛を堪えるかのように頭を抱え、それでいてどこか楽しそうに唸っているのは橘さん。

「そもそもここは、本当に異世界なのかな？　ねえ、どうなんだろう杖本君？」

いや、俺に聞かれても困る。ていうかそもそも、なんで今その疑問に到着したのか謎だ。

「ま、まあ、異世界なんじゃないかなぁ。実際ワープしちゃってるわけだし、それにステータスだって出たし……どう考えても普通じゃないよ」

「う～ん、それもそうかぁ。でも私のイメージでは、異世界は地球の十倍くらい重力があると思ってたんだけど、全然そんなことないみたいだね」

おいおい、それって少年マンガの世界だよ。俺は愛想笑いでごまかす。

「杖本君はどんな能力にするか決めた？」

「えっ？　俺？」

そうだった、周りばっかり見ていて自分の能力を全然考えてなかった。やばい、どうしよう……。

ここで俺がクラス内で最強の能力に目覚めて、一気に主人公路線に突入。チート能力で魔王を倒して異世界を華麗に救い出し、美少女たちが俺に惚れてハーレム建国！　その後、俺は異世界で幸せに暮らしましたとさ。めでたしめでたし――っていう流れも悪くない。

ま、それは冗談として。

でもあれ？　俺には何かやらなければならないことが、あったようなぁ……なかったようなあ……

俺は何気なくクラスの皆を見渡した。

アリスさんと何かを話す委員長の白鳥さん。楽しそうに話し合うヤンチャ男子たち。真剣な顔で、おそらく能力のことを考えている女子たち。隅っこで固まるオタク集団。

そして視線は、俺の隣にいる橘さんのところで止まった。

そうだよ。俺はここに来る前、友達を作ろうとしていたじゃないか。苦手な騒がしい男子たちとも仲良くなろうと。

目の前にいる唯一の話し相手、橘さんのために。

突然の異世界召喚でうやむやになりそうだったが、今でもその気持ちは変わっていない。

何もしなければこの世界でもぼっちになってしまうからな。それを見た橘さんはきっと、あの時と同じように悲しい顔をするだろう。そうならないためにも、やっぱりこいつらと打ち解けておく必要がある。

なら、能力はどうする？

根拠はないけど、遊び気分で浮かれきっている他の奴らよりは、有能で使い勝手の良い能力を思いつく自信がある。

でもそれで、クラス内で最強になってしまったら、逆に友達にしてもらえないんじゃないか。

必要以上に俺が目立ってしまったら、目立ちたがりのヤンチャ男子たちは面白くないだろう。

オタクの中野たちの方に転がり込んでも結果は一緒だ。あいつらなんだかんだいってもプライドが高いからな。

じゃあどうする？

……答えは決まっている。

最強になって友達ができないなら……下手（したて）に出て友達を作ればいい。

正確に言うならばサブキャラになるんだ。勇者様ご一行の後方に位置しつつ、しっかり端っこのポジションはキープする。アニメのオープニングかエンディングにワンカットだけ映れば上出来。

真っ先に敵にやられたり、主人公の能力を解説したり、時には自爆攻撃を受けたり。そんな引き立て役になればいいんだ。

そうなると、問題はどんな能力にするかだな。そもそも相手にされないような能力は論外だし……

ぶっちぎりの最強能力より、中途半端に使える能力を考える方が難しい。

ならここは、そういうのに詳しい人に相談するのが一番だよな。

「た、橘さん。サブキャラって言ったら、一体どんな能力を思いつく？」

「えっ？　もぶきゃら？」

唐突な質問に、橘さんはきょとんと首を傾（かし）げたが、理由も聞かずに答えてくれた。

「う～ん、そうだなぁ……『土を操る能力』とか？」

「おぉー、サブキャラっぽい」

予想以上に脇役っぽい能力が登場し、思わず声を上げてしまった。

「あとは……『身体強化の能力』とか『危険を察知して主人公に知らせる能力』ってのもある

かも」

「おぉー、地味でいい感じ。脇役を具現化したような能力だね」

「あとは緑色の小人の自爆攻撃で死亡、とかね」

「……あの、最後のは能力じゃなくなってるんですが。でもまあ、ありがとう。これで覚醒させる能力の見当がついたよ」

「え、そうなの？　あんまり大したこと言ってないと思うけど、役に立てたならよかった」

橘さんはそう言って、にっこり笑顔になった。

そう、役に立つ……主人公の役に立てばいいんだ！　それだけでサブキャラとして成立する。

主人公は活躍して名声を上げ、サポートに回った脇役にもちょっとだけ感謝する。それで地道に親密度を上げて友達関係を結べばいいんだ。

完璧だ。完璧すぎる。

そして俺は、自分史上最大に脳をフル回転させて一つの答えを導き出した。

主人公の役に立ち、かつ誰もやりたがらない地味な役割、それは……


回復薬だ。


間違えた、回復役だ。

危うく狩猟中にがぶ飲みされるところだった。

回復役ならどんな戦闘でも十分役に立つし、仮に誰かと能力が被ってしまっても、数が多いに越したことはないからな。

それに、絶対に最強にはなりえない。

なぜなら、攻撃が不可能だから。魔物を倒せないから出しゃばってしまう心配もないし、傷を癒(い)やす役割なら自然と感謝されて友達も作りやすいはず。我ながら名案だ。これしかない。

「橘さん。俺、能力決めたよ」

「えっ、本当？　それってどんな……」

疑問符を浮かべる橘さんにふっと微笑み、俺は遠くにいるヤンチャ男子たちに視線を向けた。

「まあ見ててよ。友達も作れる素敵(すてき)な力だから」

そう言って、俺はヤンチャ男子たちの集まる場所へ歩いていく。

近づく俺に気がついたのか、固まって騒いでいた数人の男子が口を閉ざした。

突然空気が変わって、他の皆も一斉にこちらに注目した。

しんと静まり返る空間。集中するたくさんの視線。それは、遅刻して授業中に教室に入った時とどこか似ていた。

俺はあの瞬間のシラけた雰囲気がすこぶる嫌いだった。もし入ってきたのがヤンチャな男子の誰かだったら大賑(おおにぎ)わいだろうが、俺の場合はそれがまったく起きない。まるで、お前に友達なんていないんだと無言で告げられているみたいだった。

でも今だけはこの沈黙に感謝しよう。お陰で皆に俺の意思を伝えられるのだから。

俺は緊張を和らげるために大きく息を吸うと、皆に聞こえる声量で宣言した。

「回復役なら俺に任せてくれ」

この時俺は、まったく予想もしていなかった。

後にあんな出来事が起きるなんて。そして、ぼっちがどれだけ罪な存在なのかを。

今さら突っ走った自分を後悔しても遅い。

結局俺もこいつらと同じで、とんだバカ野郎だったんだ。

3

「回復役なら俺に任せてくれ。だから、皆は思い通りの強力な力を手に入れるといいよ」

誰も反応する者はいなかったが、俺はその言葉を現実のものにするために、頭の中で強くイメージした。

おそらく、まだこの場の誰もやっていない能力覚醒。

手に入れる力は、皆を癒やす回復の力。

俺のステータスは魔力とＭＰが０だったから、ここは魔法よりも『癒しの能力』にするべきか？

いや、どうせなら回復魔法にしよう。きっと魔法を手に入れたと同時に魔力とＭＰが付くに違いない。イメージした通りの力になるはずだから。

大丈夫、大丈夫。回復魔法、回復魔法、回復魔法、回復魔法……

一心に念じると、突然ぞわっと体の内側に悪寒が走った。

鳥肌が立つ時と似て、少しくすぐったいが、不思議と嫌な感覚ではない。

それに、体の中心にほのかな温もりを感じる。

これが、魔法……なのか？

俺は早速ステータスを確認した。

【名前】ツエモト　ユウト

【レベル】1

【HP】20／20　【MP】12／12

【筋力】12　【耐久】7　【敏捷】10　【魔力】8

スキル：回復魔法［ヒール］

「……よしっ」

ばっちり思い通りの力が手に入ったことを喜びつつ、俺は改めてクラスの皆を見渡した。

当然、俺は皆が微笑んでこちらを見ている風景を想像していたのだが……

あ、あれ？

誰一人として、微笑んでいる者はいなかった。むしろ気まずそうに目を逸らしている人たちが大勢だ。予想外の光景を目の当たりにして、俺は呆然と立ち尽くす。

するとヤンチャ男子の一人が立ち上がって目の前までやってきた。目つきが悪く、ツンツンした金髪が特徴の、中肉中背の男子。遠藤だ。

遠藤は鋭い視線で俺を睨みながら口を開いた。

「それってつまり、俺たちを前で戦わせて、自分は後ろでコソコソ隠れてますってことか？」

「……えっ？」

な、何言ってんだ、こいつ……

俺は遠藤の言葉の意味が呑み込めず、放心状態を続けていた。

ヤンチャ男子の一団からまた一人立ち上がる。

「回復役になれば戦う必要がないから、魔物に襲われる心配もないし、もし怪我をしても自分で治せるもんな。全部自分のためなんじゃないのかよ」

「なっ⁉　ち、違う！」

な、なんで、そんなこと……俺はただ、皆と仲良く……

ふと見ると、アリスさんと白鳥さん、それから橘さんの三人は何が起きているのか分からない様子で唖然としてこちらを見つめていた。男子たちは皆、憎しみのこもった目で俺のことを睨んでいて、それ以外の女子は関わりたくないとばかりに目を逸らしている。

一体何が起こってるんだ。卑怯な考えなんてないのに。むしろ皆の役に立とうと思って提案したつもりだ。だけど、なんだこれ？

回復役になろうとしただけでこんな扱いを受けるなんてありえない。

ゲームだって回復役がいないと途端に攻略が難しくなる。どちらかと言えば必須のポジションのはずだ。その重要な役目を俺なんかに任せたくはないにしても、こんなひどい言いがかりをつけられる覚えなんてない。

きっと何か理由があるんだろう。俺を突き放す理由が。

でも、それがなんなのかさっぱり分からない。俺はこの人たちのことを何も知らない。

もしも、俺ではなく他の誰かだったら、こんなことにはなっていないんじゃないか。

「俺らを囮にして逃げる考えか」

「自分だけ安全地帯から高見の見物できるもんな」

違う、そんなことはしない。俺だって皆と戦う！

「楽して勇者の功績を上げようとするとか、最低だな」

「男のくせに戦わないつもりかよ。女に戦わせようってか？　ありえねえ」

なんで皆、そんなこと言うんだよ……

反論もできずに固まっている俺に対して、遠藤が完全なる拒絶の言葉を口にした。

「回復役なんかいらねえんだよ！　ここから出ていけ！」

真正面から受ける絶対的な敵意。

俺はその圧力に押され、無意識に後ろを向いていた。

視線の先には出口と思しき両開きの大扉。

気がつくと、俺はゆっくり、ゆっくりと歩き出していた。

友達になろうとして歩み寄った者から受ける拒絶。決して得意なタイプではなかったけど仲良くやろうと思っていた。だけどそんな……こんなことって……

下唇を噛み、どうにか嗚咽が漏れそうになるのを堪える。

疲れてもいないのにふらつく足を引きずるようにして出口を目指す。

背中に感じる視線には色々な種類があるが、今はそれを判別する余裕すらない。

目頭が熱くなり、瞳に映る光景が歪みだした。

とうとう俺は扉に手を掛ける。

ちょうどその時、重苦しい沈黙を破って背後でザッと物音がした。

それは橘さんが一歩踏み出した音だった。

橘さん……

俺は彼女の物言いたげな顔を見て悟った。

たぶん橘さんは、俺を引き留めて助けようとしている。

彼女は教室で一人ぼっちでいる俺をずっと心配していた。こんな状況になれば手を差し伸べようとするだろう。

だけど、橘さんまでこいつらから拒絶されたら？

魔物が闊歩する危険な異世界で戦えない回復役と二人っきりになったら、危険度は半端じゃない。

どうにかしてそれだけは避けなければ。

再び訪れた静寂の中、彼女が口を開きかける。

その瞬間、俺は行動に出た。

ハッキリと否定の意思を込めた目で橘さんを睨む。今動いたら橘さんにも良くない状況になるから、絶対にそれだけはしちゃいけないと目で訴えた。

これをどう捉えるかは彼女次第だ。クラスに裏切られた俺が逆恨(さかうら)みして自分のことを睨んだと解釈されるかもしれないが、それならそれでいい。

俺を助けて彼女までクラスから除け者にされる展開を避けられるなら、嫌われたって構わない。今まで橘さんのお蔭で、俺は色々と救われていたから。

友達がいなくてつまらない学校。退屈な授業に憂鬱(ゆううつ)な休み時間。それらすべてをはね除けて、学校に行く理由を作ってくれた橘さん。その恩返しというわけではないが、感謝している相手をみすみす危険に巻き込むのは絶対に嫌だ。

俺の視線の意味に気づいたのか、彼女は踏み出した足を戻し、ただ心配そうな顔でこちらを窺(うかが)っていた。

そう、それでいい。俺に付き合ってひどい目に遭う必要なんかないんだ。

それに、ぼっちは一人で十分だ。

その光景を最後に、俺は彼女に背を向けて大扉を押し開けた。

薄暗かった室内に光が射(さ)し、吹き抜ける微風(そよかぜ)が爽(さわ)やかな草木の匂いを運んでくる。

それらすべてを身に受けて、俺は一歩踏み出した。

暗い気持ちでいる時に、この春めいた陽気は身に染みる。

この場で全部吐き出したっていいんだと言われているような気もしたが、今さらそんなことはしない。俺は扉をゆっくりと閉めると、振り返ることなくその場を立ち去った。

4

外はまさしく異世界だった。

高層ビルもなければ車も走っていない。

空は高く晴れ渡り、見渡す限り広がる青々とした草原を、心地よい風が吹き抜けていく。

今出てきた建物の周囲には、似たような建物の残骸が少しある程度で、それ以外は見事に草原だけだ。どうやら人里からは離れた場所らしい。

想像通りの光景というか、現実離れしすぎていて先ほどの嫌な出来事をすっかり忘れ去ることが出来た――

「――って、そんなわけあるか！」

あそこまで直球で反発されたのは初めてだし、いきなり全部忘れるってのはかなり難しい。

「橘さん……」

彼女はこれからどうするのだろう？

勇者として皆と一緒に魔王を倒すために奮闘する。それは分かっている。

でも、今さらなぜ俺はあの建物から目を離せないんだろう？

ほんの僅(わず)かに期待しているのかもしれない。いつもみたいにあの大扉をこっそり開けて、ニコニコしながら橘さんが駆け寄ってくるんじゃないかって。

淡くて愚かな妄想だ。

たとえ来たとしても追い返すつもりなのに、何を期待してるんだろうなぁ、俺は。

「はぁ、いけない。ここは気持ちを切り替えてポジティブにいこう」

そもそもなんで俺はあんなに拒絶されなきゃいけなかったんだ？

繰り返しになるが、回復役は主役にはなり得ないが必須のポジションだ。遠藤だってゲームくらいやったことあるだろうし、それは十分わかっているはずだ。

その回復役をあんな形で追い出すなんて。自分で言うのもなんだが、貴重な回復役が一人減るばかりか、あれじゃあもう誰も回復役なんてやりたがらなくなってしまうと思うんだけど。

あの態度はもう、理由なんてどうでもいいから端(はな)から俺のことが大嫌いで、追い出すためのネタを見つけたから突いてきたって感じだ。

俺、前に何か嫌われるようなことやらかしたっけ？

ダメだ。全然思い当たらない。

結局、回復役じゃなくて俺のことがいらなかった、ということだ。

「ま、あそこまで嫌われてるんなら、思い残すことなんか何もありませんよ。いっそ、拒絶されて清々(すがすが)しい」

そう呟いてみたものの、変な名残惜しさに一瞬気持ちが暗くなる。

だが、ぶるぶると首を振ってその気持ちを吹き飛ばし、今度こそ皆の集まる建物に背を向けた。

「さて、これからどうしようかなぁ」

勇者としての使命から解放され、クラスの皆とも関係が切れた今、俺を縛るものは何もない。

日本に戻ったところで待っている友達もいないし、両親は俺のことを、金を置いておけば勝手に飯を食う生き物、としか思っていない。

無理して一人で帰ろうとしなくてもいいだろう。

今俺は自由なんだ。これからの道を自分で決められるフリーピーポーなのだ。

あれ？　『自由な人』ってフリーパーソンだっけ？

いやいや、そんなことどうでもいい。とにかく今はこれからどうするか考えるんだ。

異世界に放り出されたら、まずどんなことをするべきなんだ？

ラノベを読むといっても俺は異世界物の小説はあんまり読んでなかったから、どうしたらいいか分からない。

いや……待て待て。その手の小説にめっぽう詳しい人がいたじゃないか。

お昼休みに図書室でオタクトークを繰り広げてる時、橘さんはしょっちゅう異世界物の小説の話をしてくれてたじゃないか。

え～と、なんて言ってたっけ？　異世界に迷い込んだ主人公が最初にするお約束の行動って。

その時、さながら迷える子羊を救う女神の一声のように、橘さんの声が脳内再生された。

『異世界に迷い込んだ主人公はね、まず最初に冒険者ギルドに行くんだよ！』

おぉー、それだ！　橘さんは確かにそう言っていた。

お導きに感謝です。アーメン。

「冒険者ギルド……かぁ……」

いつまでも突っ立っていても仕方がない。俺は地平線まで広がる草原を歩き出した。

これから自分一人だけでこの世界を歩んでいかなきゃならないと考えると、心地よい緊張感が込み上げてきた。まあ、一人なのは慣れっこだし、大丈夫だろう。

それにこういう展開にちょっと憧れを抱いていた。孤高の戦士が仲間と離れ、一人苦難の日々を過ごす、みたいな。

おっと、あいつら仲間じゃなかった。俺の本当の仲間は橘さんだけだ。この世界での道を示してくれたあの美少女に、やっぱりアーメンだな。

サンキュー、マイエンジェル。愛しています。

俺は最後に心の中で橘さんにお礼を言い、建物から離れていった。

＊＊＊＊愛加梨＊＊＊＊

あれ？　今、杖本君の声が聞こえたような気がする。

私は気になって出口の大扉に目を向けた。

もちろん、そこには誰もいない。

でも今、確かに杖本君の何かを感じ取った。きっと彼は助けを求めてるんだ。

私は杖本君を追い出した中心人物に問い質した。

「遠藤君……なんで杖本君を追い出したりしたの⁉」

静まり返っていた建物内に、私の声が響き渡る。

主犯の遠藤君はビクリとしてこちらを向き、申し訳なさそうに口を開いた。

「いや……だって……あいつが悪いんだよ」

「どこが⁉　杖本君は何も悪いことしてないよ⁉」

「そ、それは……」

私はクラスの皆を見渡しながら続けた。

「皆も皆だよ！　なんで杖本君が追い出されそうになっている時に止めようとしなかったの⁉　なんで黙って見て見ぬふりをしてたの⁉」

私は、半ば叫ぶように言い放った自分の台詞に、胸がチクリと痛んだ。

私だって同じだったから。

皆に悪く言われていた杖本君を、助けてあげられなかった。

最初は何が起きているのか分からなかったけど、なんとなく状況が掴めてきてやっと一歩を踏み出せた。だけど、杖本君の目を見たら、結局、私は何もできなかった。

だからこの叫びは、私自身に向けて放っているのかもしれない。

「いや、あいつは……俺たちを魔物と戦わせようとして——」

「そんなこと一言も言ってなかったよ！」

「それに、ほら……あいつ普段から何するか分からなかったし、なんか不気味だったし……」

「杖本君は良い人だよ！　不気味でもなんでもない！　追い出した皆の方がよっぽどひどいよ！」

「……」

私が怒鳴り声を上げると、クラスの男子たちは下を向いて黙り込んでしまう。

室内には自分の声の余韻だけが残る。

「橘さんもそこまで。とりあえず皆、いったん落ち着きましょう！」

クラス委員長の白鳥さんが、険悪な空気を振り払うように沈黙を破った。

「まず、なんであそこまでして杖本君を追い出したのか、理由は言えるかな遠藤君」

「……そ、それは……」

白鳥さんの迫力に押されて目を逸らす遠藤君。

「他の人たちは、どうして止めようとしなかったのかしら？」

『……』

皆して俯いたままチラチラと周りの様子を窺うだけで、誰も言葉を発しようとしない。

まるで追い出した理由が分かっていないのは私と白鳥さんの二人だけのようで、それ以外の人たちは何かを知っている風にも見える。

杖本君を追い出した理由。

確かに彼は皆と打ち溶けていなかったかもしれない。けど、彼は勇気を出して遠藤君たちのもとまで行って回復役に立候補したんだ。

先刻の杖本君の台詞が脳裏(のうり)に浮かぶ。

『友達も作れる素敵な力だから』

杖本君はどんな思いであの台詞を口にしたのか。それで追い出された杖本君の気持ちは。

思わず怒鳴り散らしたくなる気持ちを、奥歯を噛みしめてなんとか堪える。

たぶん責任の一端は私にもある。彼は私が提案した友達作りをしようとしたのだ。

でも、私は彼のために何をしたらいいの？

それに、彼が去り際に見せたあの目は……

「まあ話はあとでいいわ。今はとりあえず、あの家出少年を連れ戻しに行きましょう」

白鳥さんがそう言って外に出ようとするのを、お姫様が慌てて止めた。

「お待ちください！　今これ以上勇者の皆さまが散らばってしまっては……」

「すぐに連れ戻してくるから大丈夫よ」

「いけません。まずは能力を覚醒していただかないと！」

押し問答を始める二人。

私はゆっくりと白鳥さんに近づいていって、彼女の制服の裾(すそ)を掴む。

「急にどうしたのよ、橘さん？」

「……行かない方が……いいかも……しれない」

途切れ途切れに、なんとか言葉を紡（つむ）ぐ。

自分でも、なぜこんなことを言ってしまったのか分からない。

「ちょっと、何を言っているの？　あなたがこの状況をおかしいと言いだしたのよ？」

「自分でも……分からないけど……なんとなく、杖本君がそれを望んでいないと思うから……」

そう、今杖本君のことを追いかけたらいけない気がする。

彼のあの目を見て悟った。きっと私が杖本君について行こうとしても、追い返されるだけだって。

なんの根拠もないけど、私にはそう思えてならない。

それに、ここまで皆が杖本君のことを悪く思っていたなんて知らなかった。

たとえ彼を今ここに連れ戻したって、またすぐにあんなことが起きるんじゃないかと思う。

クラスの皆が抱いている杖本君に対する悪い感情がそこまで根深いものなのだとしたら……。そんな人たちの近くにいても、彼は余計に不幸になるだけかもしれない。

これは彼のためであり、私のためだ。

だから私は……彼のことを追いかけない。いや、追いかけられないんだ。

誰に言い訳してるんだろう、私……

「橘さんは、なぜそんなことが言い切れるのかしら？」

白鳥さんの問いかけに、私は一言ずつゆっくりと、答えた。

「私が彼と……一番長く一緒にいたから」

その瞬間、この場にいる全員が息を呑み、戸惑い顔だった遠藤君は目を丸くして固まった。

私の言葉が予想外で驚いたのかもしれないけど、さすがにこれは大袈裟（おおげさ）すぎるのではないかと思う。まあ、私が彼とお昼休みに会っていたことは誰も知らないはずだから、仕方ないのかもしれないけど。

「……あなたは……それでいいのね？」

白鳥さんは真剣な目で確認してくる。

本当にこれでいいのか、これが杖本君のためになるのか、分からない。分からないけど……

「杖本君はきっと、ついてくるなって言うと思うから」

私はその言葉とともに、確かな眼差（まなざ）しを返した。

そして白鳥さんは真剣な表情を解いて、ふっと微笑んだ。

「……そう、分かったわ。なら第一優先は魔王退治で、その間にもし杖本君を見つけたら保護する、って形で行きましょうか。それでいいわね、橘さん」

「……うん」

何の根拠もない私の意見を受け入れてくれた白鳥さんに、頷（うなず）いてみせた。

そう、きっと彼なら大丈夫。私のオタクトークの仲間だもん。

異世界のことなら私の次に詳しいはずだから、何も心配することはない。

なんだかんだでこの世界を楽しんでいくんじゃないかと思える。

だから私も、この世界で頑張ってみよう。勇者として魔王を倒すために戦っていく。

そしてこのクラスで……いや、この世界で一番強くなる。

強くなって杖本君を助けに行くんだ。

彼についていくためじゃなく、逆に引っ張っていけるくらい強く。

私はこの世界での目標を定め、そして頭の中で強くイメージした。

決めた。私の能力は……

5

「はぁ……疲れたぁ」

勇者の祭壇（仮名）を去ったあと、俺は当てもなく広大な草原をさまよっていた。

道すがら誰かに会うかと思っていたが、人っ子一人いない。

ていうか、生き物すらいない。

本当に魔王のせいで、世界各地の魔物が急増したのか怪しいもんだ。

「あのお姫様、嘘ついてたんじゃないの？」

異世界でも生物にすら出会わない究極のぼっちになっているせいで、ついあの美少女、アリスさんに疑いを抱いてしまう。

いや、端から怪しいところだらけだったけど。そもそもなぜあのお姫様は俺たち異世界人のことに詳しいのか。それに、魔王からの情報をあっさり信じているのも引っかかる。

まあ、今となってはどうでもいいことか。俺にはもう関係ないし。

けどこんなことになるなら、ぼっちでいるほど強くなる能力とかにしておけばよかった。ソロで回復魔法だけとか戦闘力なさすぎるだろ。

「……ってあれ？　そうか、そうだった……」

俺って今、回復魔法しか持ってないんだった。

学校の制服を着ている以外には、武器や防具になる装備品はおろか、ポケットに入れていたはずのスマホすらない。

この状態で魔物と出くわしたら、俺に勝ち目はないんじゃ……なんて考えていると、後ろの方から獣の唸り声みたいなものが聞こえてきた。

「グルゥウゥ」

いやまさかねぇ、なんて思いつつ、俺はゆっくりと振り返る。

すると……十メートルほど離れた場所に見える人影。緑色の肌、そして小太りな腹がはみ出すズタボロの上着。そんな身なりをした小人が、俺のことをギッと睨んでいた。

身長は俺の腹より少し高いくらいで、顔には平べったく潰(つぶ)れた豚っぽい鼻がある。

この小さなおっさんに相応しい名前を、俺は知っている。

それは……ゴブリンだ。

しかし、一応人間に近い容姿ではあるので、念のため声をかけてみる。

「……こ、こんにちは～」

「グルァッ！」

しかし、小さなおっさんは今にも飛びかからんばかりの勢いでこちらを威圧してくる。

同時に、この小人の頭上に出現した文字列を見て、俺はこいつが正真正銘の魔物であると確信した。

【名前】ゴブリン　【レベル】3
【HP】43／43

どうしよう……恐れていた事態が、起きてしまった。

大草原の真ん中で対峙する二人。どちらかが少しでも動けば一気に崩れる危うい均衡。風に揺れる草のざわめきの中、俺は沈黙を貫いた。

戦う術がない今は、とりあえず『逃げる』の一択だろ。

俺は自分の敏捷値10を信じて、後ろにガンダッシュする姿勢をとろうとした。

だがその瞬間、俺の脳裏に橘さんとのオタクトークの一片が再生される。

『異世界に行った主人公は、最初の戦闘で高確率でゴブリンと戦って、かっこよく勝つんだよ！』

えぇー!?　なぜこのタイミングでお告げが……

俺は動かそうとした足を止めた。まるで、橘さんから「この魔物から逃げるんじゃない」と言われてるみたいだったから。いや、「逃げたらかっこわるいぞ」かもしれない。

でも、どうすればいいんだ？

俺の手持ちは回復魔法のみ。

物理攻撃で叩くにしても、ヤンチャ男子の半分しかない筋力などたかが知れている。草しか生えてないこの草原では、武器になりそうな物も見つからないだろう。

為す術……なし。

だが逃げるわけにもいかないので、俺は再び緑色の小人の姿を確認した。

小さな体に似つかわしくないムキムキの腕。それでいて中年のおっさんのようなポヨポヨの腹。

ある種の女子には大変好まれそうな小人が、飽きもせずこちらをじっと睨んでいた。

でもなぜだろう？　危険な魔物だとわかっているんだが、あの小さな体と顔面を見ていると、不思議とこう思えてくる。

——あのおっさんになら、勝てるかも。

別にバカにしているわけじゃないんだが、さすがにこの体格差なら武器や筋力がなくてもいけるでしょ。

そう判断した俺は、片足をぐっと踏み込むと、ダメもとで緑色のおっさん目掛けて駆け出した。

ゴブリンは唸り声で威嚇しつつもその場に止まり続け、俺との距離はみるみる縮まっていく。

俺は右足を思い切り振り上げ、目の前まで肉薄したゴブリンに対して、ダッシュの勢いを乗せた全身全霊のキック攻撃を繰り出す。

さながら、全国高校サッカー選手権の出場が懸かった大事なＰＫ戦のように、俺は右足にすべての力と思いを込めた。目指せ、全国大会！

なかった。

「うおぉぉぉ！」

ゴスッ!!

鈍い音とともに、小さなおっさんの腹にローファーのつま先が突き刺さる。

俺は遥か遠くに緑色の小人が吹っ飛んでいく光景を想像していたのだが……なぜか、そうはならなかった。

「なっ……」

まるで、とてつもなく重い岩を蹴ったかのようにビクともしない。

幸い蹴ったのが柔らかい肉だったお蔭でつま先に痛みはないが、蹴り出した右足は完全にゴブリンに受け止められ、がっちりと両手で掴まれていた。

「は、はな……せ！」

足を右や左に捻(ひね)って逃れようとするが、固まってしまったように動かない。

「グルァ!!」

一瞬、ゴブリンの眼が鋭く光ったかと思うと、俺は足を掴まれたまま引き倒されてしまう。なんとゴブリンはそのまま俺を肩に担ぐと、一本背負いのような体勢で投げ飛ばした。

体重五十キロ弱の俺の肉体が一瞬宙を舞い、地面に叩きつけられる。

「ぐ……あっ……」

衝撃で、肺から空気が漏れ出る。

とっさに頭を庇(かば)ったが、体に走る痛みはこれまで味わったことがないほど強烈なものだった。

「くっ……」

ズキッと走る痛みを堪えてなんとか立ち上がろうと地面に手を突くが、思うように体が動かない。

その原因が足にあることに気が付き、首を捻ってそちらを窺ってみる。

なんと、背負い投げで離れたと思っていた俺の右足は、未だにゴブリンの手によってがっちりホールドされていたのだ。

「う……うそ……って、うわぁ！」

ゴブリンはまたも俺の足を肩に担ぎ、投げ飛ばす体勢をとる。

ドゴッ!!

「ぐはっ！」

叩きつけられた衝撃で草原の草が舞い、地面は軽く陥没して跡ができる。

二度目の攻撃で、明らかに命の危険を感じた俺は、すぐさま立ち上がろうとするが、ゴブリンの攻撃はまだ終わらない。さらにまた逆方向に叩きつけられ、俺はいつ終わるとも知れない執拗な攻撃に見舞われた。

……甘かった。これが痛み。これが魔物。そしてこれが戦い。

朦朧とした頭で認識する。

マンガやアニメなんかを見て、こいつなら弱そうだから俺でも倒せるかもしれない、なんて考えていたが、本当の戦いはそんなに甘くはなかった。

学校の体育の授業以外ろくに運動もしておらず、人よりちょっと小柄。得られたはずの強力な能力も相手を倒すことが不可能な回復魔法に変えてしまった。

おまけに、助けてくれる仲間もいない、ぼっち。

そんな俺が魔物と戦うなんて、やっぱり無理だったんだ。

この世界のことを何も知らないくせに、すべてを甘く見積もった俺は、このままゴブリンに殺されて当然なのかもしれない。

『かっこよく勝つんだよ！』

諦(あきら)めかけたその時、再び脳裏にあの台詞がよぎった。

「くっ……、は……放せぇ！」

痛みを堪えながら、自由がきく左足で必死の抵抗を試みた。

ゴブリンの腹や顔面を何度も蹴りつけて、どうにかこの状況から脱しようともがく。

すると、偶然いい具合に左足が奴の腕に絡(から)まり、掴まれていた右足が解放された。

俺はすかさず後方に飛び退(の)いて、ゴブリンとの距離を大きくとる。

醜(みにく)く足掻(あが)きながら地面を転がって、ボロボロになって逃げだした。

「はぁ……はぁ……はぁ……」

体中がズキズキ痛み、朦朧とする頭からは血が一筋。

だが、あの台詞のお蔭でどうにか抵抗する意思を持つことができた。

自分のために、そして橘さんのためにも、まだ死ねない気がしたから。

だから、諦めない。

それに……緑色の小人に殺されたなんて知られたら、橘さんに大笑いされちまうからな。

「グルアァ！」

俺は傷ついた自分の体を見回し、こんな時こそ使える力を……皆の役に立とうとして目覚めさせた力を発動させた。

「ヒ、ヒールッ！」

癒やしの能力を意識して口に出すと、まるで全身に流れる血液が右手に集中するかのような感覚を覚える。見れば、右手に薄い黄色の光が淡く灯っていた。

俺はその光る手で、軽く自分の体に触れてみた。

すると、ボロボロになっていた体から痛みが引き、意識も完全にはっきりした。

すごい。一瞬で生傷も塞がったし、出血も止まった。

これが……回復魔法の、ヒール。

手に入れた回復魔法の効果に感心しつつも、このまま逃げ切れるのか、それとも留まって戦った方が良いのか、俺は頭をフル回転させて計算する。

だが……俺が結論を出すよりも早く、ゴブリンは俺目掛けて走り出していた。

気がつけば、もう目の前。ゴブリンは俺に飛びつくようにして右拳を繰り出した。

「ぐはっ！」

たいして筋肉のついていない腹に直撃を受け、吹き飛ばされた俺は無様に地面を転がる。

俺が立ち上がる隙も与えず、ゴブリンは間髪いれずに追撃を見舞う。

「ぐあっ！」

これじゃあ結局、回復した意味がない。

俺は地面に伏したまま、土の臭いを感じながら、悔しさで奥歯を噛みしめた。

もし傷を癒やして体を万全にしたとしても、あの魔物には勝ち目がなさそうだ。体つきに似合わず俊敏な動きを見せるし、俺の何倍も力がある。

なんとかして逃げないと……

――って、あれ？

いつの間にか攻撃が止んでいた。

恐る恐るゴブリンの様子を窺う、向こうもさすがに疲れたのか、荒い息を吐き出しながらじっとこちらを見つめていた。

何はともあれ、これはチャンス。俺はこの隙に再び回復魔法を使って傷を癒やそうと試みる。

だが……

「ヒ、ヒール――って、うわっ！」

タイミング悪く、俺がヒールを発動しようとした瞬間に奴はこちらに突っ込んできた。

草原を踏み鳴らし、俺の息の根を止めるべくゴブリンが迫る。

……く……く……来るなぁ！

俺は目前の死の恐怖に怯え、ぎゅっと目を閉じ、咄嗟に右手を前に出してしまった。

ヒールを発動させたままの、光が灯る右手を……

「グギャァァ！」

突如、耳を塞ぎたくなるような叫び声が聞こえた。

俺の右手が触れた瞬間、いきなりゴブリンが悶えだしたのだ。

ど……どうしたんだ？

苦しそうに地面を這うゴブリンの姿に呆気にとられていたが、不意に奴の頭上に現れている文字列に目が行った。

【名前】ゴブリン　【レベル】3
【ＨＰ】19／43

な……なんでＨＰが、減ってるんだ？

俺は思わず息を呑んだ。自分を回復させるために発動させたヒールが誤って相手に当たってしまったのだ。ところが、奴は突然地面を転がりながら苦しみはじめた。

まるで、俺の回復魔法のせいでダメージを負ってしまったかのように。

一体何が起こってるんだよ？

俺は混乱している頭を振って、どうにか落ち着きを取り戻した。

これからどう動くべきか。

俺は無意識のうちに一歩後ずさっていた。

奴が苦しんでいる今なら、簡単に逃げられるかもしれない。

何もない大草原だが、あちらこちらに走りまわればそのうち撒くことが可能だろう。

それに、これ以上痛い思いをしなくてすむ。この選択が限りなく正解に近いと思う。

一方で、奴のＨＰはかなり減っているようだし、一気に倒すチャンスなんじゃないか。何より、この状況を作りだしたのが俺の回復魔法なのは間違いないはず。

筋力も武器もなく、攻撃の手段を持ち合わせていない俺が、なぜあのゴブリンにダメージを与えられたのか、気になる。

……いや、本当は信じたいのだ。

戦闘力皆無（かいむ）の俺が、もしかしたらあの魔物に対抗できる力を持っているんじゃないかと。

あの回復魔法の光は、無力な俺にとっての小さな希望の光なんじゃないかと。

そして俺は自分の右手をじっと見つめ、それからぐっと握りこむと、決意を固めた。

……確かめなきゃ、自分の力の正体を。

俺は逃げ出すために引いた足を、今度は戦うために一歩踏み出した。

6

先ほどまでの俺と同じように、無様に地面を転がり叫び声を上げる緑色の小人。

俺はその様子を眺めながら、ある実験を開始しようとしていた。

まずは、さっきみたいにヒールを直接当てて確かめてみよう。

この回復魔法に魔物を倒す力が宿っているのかどうかを。

「よし……いくぞ！」

ダッと地面を蹴り、俺を散々いたぶってきたゴブリン目掛けて走り出した。

ギャーギャー喚きながら地面を転がる奴の目前に迫ると、俺は右手を構えて魔法を発動させた。

「ヒールッ！」

ぽわん、と薄黄色い光が右手に灯り、俺はその手でゴブリンに触れてみた。さっきは突然のことだったのであまりよく見ていなかったが、これでゴブリンはダメージを負ったはずだ。

ところが……

「グルァ！」

「えっ？」

先刻と同じように回復魔法の光を当てられたゴブリンは、何事もなかったかのようにすっと立ち上がると、俺の顔面を全力でぶん殴ってきた。

回避が間に合わず、俺は衝撃で後方に飛ばされた。頬に激痛が走り、口の中には血の味が滲（にじ）む。

さっきみたいに掴みかかられなかったのは不幸中の幸いだ。

俺は地面に尻餅（しりもち）を突きつつ奴の頭上に目を向けた。

【名前】ゴブリン　【レベル】3

【ＨＰ】４３／４３

えっ⁉　なんで⁉

19まで減っていたはずのゴブリンのＨＰが完全回復していた。

なぜか今度は回復魔法としての効力をしっかり発揮したみたいで、俺は敵のＨＰを迂闊にも回復させてしまったらしい。敵の体力を回復させるとか間抜けすぎるでしょ。

一体さっきはどんな風にこいつにダメージを負わせたんだ？

もっとちゃんと見ておくんだった。

俺は素早く立ち上がって、元気を取り戻したゴブリンから距離をとった。

殴られた痛みが残る体に再び回復魔法を掛けつつ、ステータスを確認する。

【名前】ツエモト　ユウト
【レベル】１
【ＨＰ】２０／２０　【ＭＰ】４／１２
【筋力】１２　【耐久】７　【敏捷】１０　【魔力】８
スキル：回復魔法［ヒール］

ＨＰは回復魔法のお蔭で満タンだが、魔法を使ったせいでＭＰが減っている。

今までのヒールの使用回数は四回なので、一回の使用でＭＰを２消費する計算だ。つまり、あと二回しか回復魔法を使えないということでもある。

残り二回でゴブリンにダメージを与えた魔法の謎を解かなければならない。

さっきの出来事をもっと深く思い出すんだ。

俺は、ゴブリンがじっとこちらを睨んでその場に佇んでいるのを確認すると、目を閉じて先ほどの出来事を頭の中で緻密に再現する。

まず俺は、奴が立ち止まっている隙に体を癒やそうと魔法を発動した。

そのタイミングで奴はこちらに走り出し、俺を殺そうと右拳を振り上げた。

俺は恐怖に駆られて、咄嗟に魔法を発動させた手を前に出してしまう。

それに触れた途端、奴は苦しみ悶えだしたんだ。

単に回復魔法を当てただけじゃダメだというなら、それ以外に何か別の要素があるはず。

今の俺とあの時の俺との違い、それは……

俺はあの瞬間の心の叫びを思い出した。

『……く……く……来るなぁ！』

その瞬間、脳に電気が走ったかのように閃き、閉じていた目をパッと見開いた。

そうか……それだ！

あの時、死の恐怖に駆られた俺は、迫るゴブリンを完全に拒絶した。

勇者の祭壇から俺のことを追放した、あいつらと同じように。

拒絶——つまり、相手への敵意。

その敵意を抱いて回復魔法を発動したから、あの現象が引き起こされたんだ。

あと二回しかないチャンスだけど、とりあえずやってみよう。

俺は再びゴブリンに向けて強い拒絶心、敵意を作り出した。

俺を散々いたぶったあのゴブリン。まるでおもちゃのように振り回されてボコボコにされた。あんなモブみたいな魔物にいいようにされて、俺は無様に逃げ出すしかなかった。

痛かった、怖かった、自分の無力さを味わわされた、だから……悔しかった。

なんで俺が、あんな変な奴に……ふざけるな！

俺は確かな敵意をゴブリンに向けながら、自分でも背筋が凍るほどの冷たい声音(こわね)で呟く。

「……ヒール」

ぽわん、と右手に光が灯る。

ここまでは、先ほどのヒールとなんら変わりはないが……

なんと、目先に構えた右手は……禍々(まがまが)しい紫色の光を放っていた。

なるほどな、俺がビビって目を閉じていた間にこんなことが起こっていたのか。

自分の体を癒やすために発動させた時には薄い黄色の光だったはずだが、相手への敵意を抱きながら発動させると、このとおり紫色になるというわけだ。

確定ではないが、おそらくこの紫色の光が奴にダメージを与えたのだろう。

俺は右手を前に構えて、目前の敵に鋭い視線を送った。

「さっきはよくもやってくれたなモブ野郎。今度は俺の番だ」

「グルァ！」

俺の敵意に反応したかのように叫び返すゴブリン。

俺は意を決して走りだした。

「うおぉぉぉ！」

走りながらも細心の注意を払い、奴の一挙手一投足に集中する。

まるで、時間の流れが遅くなったかのように、景色がスローに映る。

ゴブリンは右拳を握りこんでこちらを迎え撃つ体勢。それに応えるように、俺も右手を手刀のように構える。

奴が俺の腹に向けて拳を繰り出してきた。

俺はそれをきわどいタイミングで体を左に捻って躱し、そのまま側面へ回り込む。

そこで、がら空きになったゴブリンの右脇腹に紫色の光を灯した右の手刀を叩き込んだ。

「グギャァァァ‼」

ゴブリンは先刻と同じように苦悶の声を上げ、地面に這いつくばってもがきだした。

【名前】ゴブリン　【レベル】3
【HP】19／43

あの時の現象と同様、奴のＨＰは19まで減っている。

まるで俺の手刀の威力で身悶えたかのように見えるが、実際はそうではない。

俺の仮説が正しければ、ゴブリンは紫色のヒールの光に触れて苦しみだしたのだ。

「はぁ……はぁ……はぁ……よし！」

俺は息を整えながら、ぐっと拳を握った。

俺にも魔物に対抗する力が宿っている。

力もない、能力もない、仲間もいない、そんな俺でも魔物を倒すことができるんだ。

その喜びを噛みしめつつ、俺は地面を這うゴブリンに最後の言葉を掛けた。

「ありがとな、ゴブリン。お前のお陰で一歩前進できた」

ゆっくり膝を突くと、ゴブリンにそっと手を添えて、冷たく吐いた。

「……ヒール」

再び紫色の光を当てられたゴブリンのＨＰは０に減った。

「グギャァァァァ!!」

耳を塞ぎたくなるほどの断末魔の叫びを上げた後、ゴブリンはピタッと体を硬直させた。そして、ガラスを砕いたような甲高い音とともに、その体は幾千もの光の粒に変化していく。

「……勝ったん……だよな」

てっきり死体は残るものだとばかり考えていたが、そうではないらしい。

俺は散り際の美しい光景に目を奪われ、ゴブリンに勝利した現実をはっきり認識できないでいた。

だが次の瞬間、優しい鐘のような音が頭に響き、同時にある情報が流れ込んできた。

【名前】ツエモト　ユウト
【レベル】１（＋１）
【ＨＰ】２０／２０（＋４）【ＭＰ】０／１２（＋２）
【筋力】１２（＋２）【耐久】７（＋１）【敏捷】１０（＋２）【魔力】８（＋２）
スキル：回復魔法［ヒール］

←

【名前】ツエモト　ユウト
【レベル】２
【ＨＰ】２０／２４　【ＭＰ】０／１４
【筋力】１４　【耐久】８　【敏捷】１２　【魔力】１０
スキル：回復魔法［ヒール］

「……は、ははははぁ。レベルアップ、ってことですかい」
ようやく死の恐怖から解放され、背中から倒れ込むようにして草原に横になった。

はぁ～、と長く息をついて、俺を散々悩ませた右手を掲げてじっと見つめる。

まだ完全には自分の能力を把握できていないが、あえて俺の回復魔法の性質を述べるなら『敵意を持って発動すると、その効果は反転する』ということになるだろうか。

そもそもこの世界の回復魔法の在り方はこうなのか、それとも俺だけが使える特殊なものなのかは分からない。だが今は、不確かな仮説で満足しておこう。

思っていた使い方とは違ったが、この回復魔法にちょっぴり感謝だな。

戦いを諦めていた俺を、見事に立ち上がらせてくれたんだし。

今生きていられるのは、こいつのお蔭だ。

「はぁ～～～、怖かったぁ～～～」

ＨＰは十分なはずなのに、どっと疲れが体に伸し掛かってきた。

掲げていた右手がドサッと地に落ち、草原のど真ん中で大の字に寝そべる形になる。

橘さんに言われたとおりかっこよく勝つことができなかったことをちょっと悔やみつつ、俺は勝利の余韻に浸って頬を緩めた。

7

辛くもゴブリンとの戦闘に勝利した俺は、草原巡りの旅を再開させていた。

ＨＰを見る限り身体的なダメージはなさそうなのに、なんとなく足取りが重い。

だが、すぐにその気怠さを吹き飛ばしてくれるものが、草原の向こうに見えてきた。

「お……おぉー、街だぁ……」

大砂漠のど真ん中でオアシスを見つけたような心持ちなのだが、ゴブリンとの戦闘で心身ともに疲れ果てている俺は、本屋でお目当ての本を見つけたくらいの歓声しか上げられない。

ここからでは遠くて詳しい様子は窺えないが、どこからどう見ても人が集まる大きな街だ。

何時間かぶりに人に会える。ただそれだけのことなのに、猛烈な感動が込み上げてきて、知らず知らずのうちに足早になる。

気がつけば足下は草原の草ではなく、踏みならされて茶色い地肌が露（あら）わになった細長い道に変わっていた。道は遠くに見える街の入り口に繋がっているようで、道に沿って植えられたいくつかの木々も見える。

「はぁ、やっと初めての街かぁ……って、俺たちが召喚されたあの祭壇って、一体どんな僻地（へきち）に建てられてたんだろう。橘さん大丈夫かなぁ……」

ナチュラルに他の奴らを除外した呟きとともに、俺は大空を見上げて遥か遠く離れた橘さんに思いを馳（は）せる。

この世界の時間経過がどういうものか分からないが、すでに日は傾きはじめ、ほのかな赤みを帯びていた。暗くなる前に街を発見できたことに安堵（あんど）しつつ、しっかりした踏みごたえに変わった地肌の道を行く。街に近づくにつれて、人々の喧騒（けんそう）が耳に入ってくる。

俺は周りに誰もいないことを確認し、先ほど不発に終わってしまった歓声を、今度は盛大に上げてみた。

「うおぉぉぉ！　街だぁぁぁ！」

＊＊＊＊＊＊＊

簡素な柵（さく）で形成された街の入り口に辿り着くと、俺は中の様子に目を奪われてしまった。

「うわぁ……すごいなぁ……」

思わず感嘆の声が漏れる。中世ヨーロッパを思わせる石造りの街並み――まさに異世界のテンプレ――も新鮮だったが、さらに驚かせてくれたのが街のそこらじゅうを歩き回っている人々だった。

今まで外国に行ったことがないせいもあるだろうが、この街にいる人たちの服装がどうにもおかしく感じられて仕方がなかった。

ほとんどの人は、染色もされておらずオシャレな様子が一切感じられない、シンプルな布の服を着ている。しかし中にはド派手な色のドレスを着た者や、ごつい鎧に身を包んだ者の姿もあった。

街の入り口にも、槍を手にした軽装の門番が立っている。

日本では絶対ありえない光景を目の当たりにして、俺が抱いた印象は……コスプレ大会？

むしろここでは、学校の制服姿の俺の方が浮いているようなのだが。

「……って、いつまでも入り口で突っ立ってないで、早く冒険者ギルドとやらを探しに行こう」

当初の目的を思い出して、俺は街の中へ足を踏み入れた。

門番はどうやら魔物だけを警戒しているようで、おかしな服装をした俺を気にもとめず、すんなり通してくれた。

あくまで俺の想像だし、本当にあるのかどうかまだ分からないが、冒険者ギルドとは、人々のお悩み（クエスト）解決を生業にする『冒険者』をサポートする組織およびその施設——だと思っている。そこに行けば俺みたいなド素人にも色々教えてくれたり、仕事を紹介してくれたりするんじゃないかと期待しているんだけど、間違ってないよね？

何はともあれ、百聞は一見に如かず、である。

というわけで、それらしき建物を探して街の中心部を目指しているのだが、どうにも足の進みが悪い。なぜなら、通りの両脇に並ぶ出店の数々が、俺の目と鼻を誘惑してくるからである。祭りでもやってるんじゃないかというほどの賑わいぶりだ。

ふと、香ばしく焼けた肉の匂いが漂ってきて、俺の食欲を強烈にかき立てる。思えば、こっちの世界に来てから何も食べていない。

「うわぁ〜、おいしそぉ〜」

思わず口をついて出た言葉に反応し、露店のおばちゃんがここぞとばかりに売り込みをかけてきた。

「おう兄ちゃん！　腹減ってるならうちの肉食っていきなよ！」

「へっ!?　い、いやあのぉ……」

突然話し掛けられた俺は、目も合わせられずおろおろし始める。

その姿にお店のおばちゃんは不思議そうな顔をしたが、これは察してほしいところだ。

なんでこう、馴れ馴れしく話しかけてきちゃうかなあ。もう少し距離を置いて接してくれよ。コンビニのレジの支払いにだって軽く緊張するってのに、服屋で話しかけてくるみたいなことすんなよ。

皆が皆フレンドリーでナイストゥーミーチューな性格してると思ったら大間違いだぞ。テンパったあまり自分でも意味が分からない戯言を心中で訴えながら、俺は辛うじてお店のおばちゃんに返す。

「えっと……その……今お腹減ってないんで、ごめんなさい……」

もちろん大嘘です。めちゃくちゃ腹減ってます。

「あーそうかい。また来てくれよー」

なぜか俺は軽く頭を下げつつ、お店から離れた。

こういう時って、何も悪いことしてないのに自然と謝罪の言葉が出てくるよな。

しかし、今さらながら驚いたのは、この世界の言語が俺にも理解できているということだ。

そういえば最初からアリスさんと違和感なく会話できたが、あのお姫様だけが特別だったわけではないようだ。俺たちのことを召喚した時に何か魔法でも掛けてくれたのだろうか。

肉屋のおばちゃんによるセールス攻撃と食べ物の誘惑を逃れて、俺は足早に大通りを抜けようとした。

だがそこで、一つのお店に目が留まった。

そこには、綺麗に磨かれた両刃の剣や、何かの紋章が描かれた金属の盾、ゴツゴツとした全身鎧などが陳列されていて、沈みかけの夕日を受けて、お店全体がきらきらと輝いて見えた。

そのお店はご存じ、武器防具屋である。

「おう、兄ちゃん、ちょっと見て行くかい？」

「えっ？」

突然声をかけられ、またしても俺はすっとんきょうな声を上げてしまう。

どうやら興味津々という様子で武器を眺めている姿を、お店のおじさんに見られていたらしい。

「どうだい、兄ちゃん？」

「えっ……えっと……そ、それじゃあ……ちょっとだけ……」

こういう積極的な接客には苦手意識があるものの、初めて見る本物の武器や防具への興味が勝って、躊躇いつつも店内に足を踏み入れる。

「うわぁ～、すげぇ！　かっこいいなぁ」

ずらりと並べられた剣や盾を間近に眺め、俺は少年のように純真な感想を漏らす。

いつだって剣や盾は男の子のロマンである。

中途半端オタクの俺は、いつまでも少年の心を忘れはしないのだ。きっと、四十歳を過ぎても、飽きずにゲームとかをやり続けるんだろうな。

「なんだい兄ちゃん？　武器を見るのは初めてなのかい？」

「えっ⁉　は、はい、初めてです」

「珍しいなぁ。なら、ちょっと握ってみるかい？」

に、握る？　握るって、剣のことだよな？

いいのかな？　買う気もないし、買う金も持ってないけど。

「えっと……い、いいんですか？」

恐る恐る尋ねると、お店のおじさんはニコッと笑って答えてくれた。

「おう、好きなだけ触ってくれよ。そのほうがうちの剣たちも喜ぶってもんだ」

「……あ、ありがとうございます！」

武器屋のおじさんに感謝しつつ、俺は手近にあった鋼の長剣をぎゅっと握り、持ち上げようとした。

だが……

「あ、あれ？　ふんぬぅぅぅぅぅ！　……はぁ、はぁ、はぁ……も、持ち上げられない」

予想以上に重たくて大苦戦である。

鋼の剣を商品棚からも引っぺがせないでいる俺を見て、武器屋のおじさんは苦笑いしながら聞いてきた。

「おいおい、兄ちゃん、その剣を持ち上げられないって、いったい筋力いくつなんだよ」

「えっ？　き、筋力？」

俺はぜえぜえ息を吐きながらも、店主に問われるままにステータスを改めて確認した。

【名前】ツエモト　ユウト
【レベル】２
【ＨＰ】２４／２４　【ＭＰ】３／１４
【筋力】１４　【耐久】８　【敏捷】１２　【魔力】１０
　スキル：回復魔法［ヒール］

　あれ、ＨＰとＭＰが少し回復してる？

　ゴブリンとの戦闘からそこそこ時間が経っており、その時間経過のお蔭かＨＰとＭＰが僅かに回復していた。まだ疲れは残っているんだけどなぁ――って、今はそれより筋力の数値か。

「え～と……14ですね」

　正直に筋力値を伝えてみると、おじさんはがははと笑う。

「その歳で筋力14って、ひょろひょろ過ぎるだろ、兄ちゃん！　ちゃんと肉とか食った方がいいって。剣はもっと鍛えてからだなぁ」

「えっ……そ、そんなぁ～……」

　俺は心底残念な声を漏らしながら剣から手を放した。

　まさか剣がここまで重いなんて。それにしても、持ち上げることさえできないとは、我ながら自分のもやし体質にがっくりくる。

　俺は肩を落としてそのまま店を出ようと思ったが、せっかくの機会だから武器屋のおじさんに質問してみた。

「あっ、そういえばおじさん、冒険者ギルドってどこにあるか知ってますか？」

しまった！　まずそもそもこの世界に冒険者ギルドがあるかどうかを聞くべきだったか。

服装のこともあるし、あまり変なことを聞くと怪しい奴だと思われるかもしれない。

しかしすぐに、俺の危惧（きぐ）をすっかりはね除けてくれる返事があった。

「ははは！　その筋力で冒険者になろうってのかい、兄ちゃん！」

「……は、ははぁ。ですよねぇ～」

心配して損した、と心中でぼやく。

「このメインストリートをまっすぐ行けば、大きな建物があるから、すぐ分かるはずだ。せいぜい気を付けて行くんだぞ、ひょろひょろの兄ちゃん」

意外にも、おじさんは親切にギルドへの道を教えてくれた。

「……ど、どうもです」

素直（すなお）に感謝していいのか、それとも馬鹿にされているのか判断がつかず、俺は中途半端な愛想笑いを返して武器屋を出た。

言われたとおりに、出店が立ち並ぶ大通りをまっすぐ進む。

相変わらず空腹を覚えるが、お金を持っていないことを思い出して、今度は脇目（わきめ）も振らずに先を急ぐ。

しばらくして俺は、巨大な建物の前で足を止めた。

二階建てくらいの建物が並ぶ中、明らかに威圧感のある建物が現れたのだ。重厚な壁に覆われ、小さな砦(とりで)を思わせる。

入り口の看板に書いてある文字は読めないが、建物に出入りしている人たちを見れば一目瞭然(いちもくりょうぜん)。鍛え上げられた体に、それぞれ使い込まれた剣や鎧を装備している、いかにもな人たちばかりだ。

ここが武器屋のおじさんに教えてもらった場所で間違いないだろう。

俺のオタクトーク仲間の橘さん曰(いわ)く、異世界に来た主人公が最初に訪れる場所。

冒険者ギルドだ。

「そんじゃあ、行ってみますか」

俺は声に出して自分に言い聞かせると、眼前の巨大な建物の入り口をくぐった。

8

冒険者ギルドの中に足を踏み入れてまず目に入ったのは、だだっ広い酒場だった。

木製の円卓や丸椅子が店内に所狭しと並べられており、剣や鎧で武装した連中がバカ騒ぎをしている。

小さな樽を模した木製のジョッキには、赤紫色の液体が並々(なみなみ)と注がれており、赤ら顔の男たちがそれを飲み干しては陽気な笑い声を上げていた。

「え～と……そもそも冒険者になるにはどうしたらいいんだろう」

実際のところこの世界ではどうだか分からないが、俺の勝手な想像だと、冒険者になるにはギルドの受付で冒険者として登録しなくてはならないはずだ。

とりあえず受付っぽい場所に行けば色々教えてくれるだろうと期待して、それらしい場所を探す。

すると、酒場の奥手に複数の女性が規則正しく立ち並んでいるカウンターが見えた。酒を出しているカウンターは別にあるので、おそらくあの女性たちがいわゆる受付嬢だろう。

酒場の円卓の間を横切って受付と思しきカウンターに向かう。

少し緊張しつつも、俺は一番手前にいた少女に声を掛けてみた。

外見的には俺と同年代かと思われるが、銀色の髪が印象的だ。今にも眠ってしまいそうな虚ろな目をしているけど、大丈夫なのか？

「あの、すいません」

するとその銀髪少女は、見た目どおりに気力がまったく感じられない気の抜けた声で応えた。

「はぁ～、なんですか？」

「え、えっと……冒険者ギルドって、ここでいいんでしょうか？」

「はぁ～、まあそうですけど」

少女店員の対応があまりにやる気がないので、変な質問だったのかと思って、ちょっとドギマギしてしまう。

「あ……そ、それなら、冒険者登録ってできますか？」

とりあえず、ギルドに行くという目的は達成したので、次は冒険者になるために登録するのが筋だろう。

すると脱力系の銀髪少女は虚ろな目のまま首を傾げて、なんだこいつ？　という感じの表情で返してきた。

「冒険者、登録？　何言ってんですかあなた？」

「へっ？　い、いやあの、冒険者になるための登録のことですけどぉ……」

「はっ？　冒険者になるのに登録なんか必要ありませんよ？」

「えっ？」

言葉の意味が分からず、しばらく俺は固まってしまう。

そんな姿を見た少女は、上目遣いに俺を見上げて聞いてきた。

「あなたもしかして、王城都市から来たお坊ちゃまですか？　それともすごい田舎者？」

「えっ!?　あっ、えっとぉ～……」

ヤバイ、なんか怪しまれてる？

王城都市という単語は聞き覚えがある気がしたが、今はとりあえずそれらしい言い訳をしないと。

「そ、そうなんですよ。俺、田舎の村から出て来たばっかりで、冒険者のこととか、よく分からないんですよねぇ～」

「はぁ～、やっぱりですかぁ」

うまく誤魔化せたことに、心中で安堵する。

なんとなくだが、俺が異世界の人間で、勇者としてこの世界に召喚されたことは黙っておいた方が良さそうだ。それに、俺はもう勇者じゃないしな。

「なら、ご説明とかいたしましょうか？」

おっ、意外な言葉。案外優しい子なのかな。

「あっ、是非お願いします」

「はぁ～、まず冒険者についてですが、クエストをこなす人たちのことを『冒険者』と呼びます」

「はいはい、クエストね」

適当に相づちを打ちつつ、少女の説明に耳を傾ける。

「あぁ～、クエストとは皆のお悩み依頼のことですよ」

「な、なるほど」

「ギルドでは、皆様からの依頼をクエストという形で発行して～、冒険者の皆さんに斡旋していま す。まあ～、そのクエストを紹介するのは私たち受付嬢なんですが～」

「は、はぁ～……」

あ、あれ？　口癖移った？　いやいや、今のはため息混じりの返事だよ。

説明自体は明確なのに、どこか気の抜けた喋り方のせいでこっちまで力が抜けてくる。

だけどこれで、冒険者とギルドについて理解できた。

簡単に言ってしまえばこの世界の冒険者は、日本で言うところのフリーターなのだ。

日払いのバイト、つまりクエストで食い扶持を稼ぎ、働きたくない日はあんな風に酒場でバカ騒ぎをしていればいい。皆そんな感じなんだろう。

なんだよ、冒険者最高じゃねえか。日本にあるどの職業よりも魅力的だな。

そう考えると、ギルドはハローワークということになるのか。元の世界のシステムと似ていて、なんだか親近感が湧いてくるなぁ。まあハロワとか行ったことないんだけども。

でも、ハロワより断然ギルドの方が有用な気がする。

接客態度は別として、受付の女の子は可愛いし、クエストの内容は誰かのお悩み解決なわけだから必然的に人の役に立つ仕事ができるということだ。

日本にいる自宅警備員たちにここを紹介してやったら、きっと働く気が起こると思うぞ。

俺が冒険者とギルドのシステムに心底感心していると、銀髪少女は思い出したように説明を再開した。

「あぁ～あと、冒険者のレベルによって受けられるクエストに制限がありますぅ～。レベルが低い冒険者が、危険な魔物討伐の依頼などを受けないようにするためですよぉ」

なるほど。まあそれくらいは、なんとなく予想がつく。

俺みたいにひょろひょろな奴が危険な魔物に挑んだら最悪死んでしまう。そうならないようにレベルを基準に線引きしているわけだ。

「最近は特に魔物関連のクエストが多いですからねぇ～。初心者は注意してくださいね～」

「へぇ～……」

「魔王と名乗る奴が現れてから～、魔物の数が激増したんですよぉ」

魔王、という単語に少し反応しそうになったが、何食わぬ顔で受け流す。

俺、もう勇者じゃないしな。

「それから、他の街ではダンジョン系のクエストも多いかなぁ。地下迷宮で遭難した人の救助依頼がここんところ増えたらしいんですよぉ。まあ、この街の地下迷宮では関係ない話なんですけどねぇ～」

「えっ⁉　この街、地下迷宮があるんですか？」

俺が驚いて問い返すと、銀髪少女はさも当然というように返してきた。

「はい。この街は一応、迷宮都市ですから。……って、まさかそんなことも知らないでここに来たんですかぁ？」

「い、いやぁ……あはははぁ……」

やべぇ、全然知らなかった。

だいたい最初に見つけた街だったからとりあえず駆け込んでみただけで、名前すら知らない。

乾き笑いで誤魔化してみたが、上手くいかなかったようだ。

彼女は呆れ顔で解説してくれた。

「……迷宮都市っていうのは～、地下迷宮の周りを囲むようにして作られた街のことです。最初は地下迷宮探索をしている人たちのために作られた支援キャンプ場だったらしいんですがぁ、みるみるそれが拡大していって～、いつの間にか立派な街になったみたいですよ」

「ご、ご丁寧にどうも……あっ、でも、この近くにも地下迷宮があるなら、救助依頼ってのもあるんじゃないですか？」

「それはないですね～。すでに踏破済みなんですよ、この第八迷宮都市アバットの地下迷宮は」

「えっ？」

あれれ、すでに踏破済み？　なんか聞いてた話と違うなぁ。

確か俺たちをこの世界に召喚したあのお姫様は、地下迷宮の攻略が難航してるから俺たち異世界人を呼んだ、みたいなことを言ってなかったか？

ていうかこの街、アバットって名前なんだな。

「ここの地下迷宮はちょっと特殊で～、階層は全部で三階層と少なくて、なぜか魔物も滅多に現れないんです。普通地下迷宮なら地上の倍以上の魔物がうようよいるはずなんですけどね～。まあ、そのお蔭でマッピングも完全に済んでいるから、冒険者の遭難なんか起きるはずがないんですよぉ」

「へぇ～、地下迷宮攻略って案外簡単なんですねぇ」

なんだよ～、そんなに楽勝なら、わざわざ勇者なんか召喚しなくていいじゃないか。

とんだ無駄足じゃねえかよ、俺たち。

一瞬がっかりしたが、それを覆す台詞が目の前にいる銀髪少女の口から放たれた。

「いえいえ、ところがどっこい、ダンジョンボスが絶対に倒せない奴なんですよぉ」

「絶対に倒せない？」

「はい。特殊な能力を持っていて、どうやっても傷一つ付けることができないらしいです～」

目の前の少女は元々虚ろな目をさらに細めて、愚痴るように説明を続けた。

「地下迷宮をすべて攻略できれば、莫大な懸賞金が掛かっている魔王が姿を現すってことで冒険者も最初の頃は頑張っていたんですけどねぇ。でも、ここの地下迷宮のボスは絶対に倒せないって噂が広まって、世界各地の地下迷宮攻略が一気に鈍足になったっぽいんですよぉ」

「は、ははぁ……それで勇者ってわけかぁ」

「何か言いました？」

少女は訝しむような視線をよこすが、俺は小さく手を振って誤魔化す。

「い、いやなんでも……」

この少女のお蔭で、お姫様が俺たちを呼び出した最大の理由が分かった。

それはおそらく、この迷宮都市の地下迷宮だ。

絶対に倒せないダンジョンボスが現れたために、冒険者たちの士気が下がり、地下迷宮攻略は暗礁に乗り上げた。

そこで俺たち異世界人——勇者の出番だ。

イメージどおりの能力を一つ覚醒できる俺たちなら、この反則的なボスも倒せるかもしれない。

アリスさんはそう考えたのだろう。

見事討伐に成功すれば地下迷宮攻略隊のやる気も上がって万々歳ということだ。

う～ん、でもまあ、どの道俺の回復魔法の能力じゃ解決できないだろうなぁ。ゴブリンを倒すのもやっとなんだし。

すまん！　力にはなれない！　それに俺、もう勇者じゃないし。

などと考えていると、少女店員が気になることを口にした。

「ホント、『物理攻撃無効化』と『攻撃魔法無効化』なんて反則ですよねぇ」

「……うわぁ～、それは確かに反則で——えっ、今なんて？　物理攻撃と攻撃魔法？」

「はい。物理攻撃と攻撃魔法の無効化。ボスの能力です」

「えっと……それって……」

俺はこの時、妙な予感がして言葉を詰まらせた。

正しく言い直せばそれは予感ではなく……希望。

俺がそうであってほしいと思った願望だ。

俺は無意識のうちに、ボスの特殊な能力と自分の持つ特異な力を、脳内で照らし合わせていた。

絶対に倒せないと言われているダンジョンボスの能力は、物理攻撃と攻撃魔法を無効化する。

なら回復魔法はどうなのか、と。

物理攻撃はともかく、攻撃魔法と回復魔法はちゃんと区分がされているのだろうか？

もし区別されているのなら、回復魔法はそのボスにも効果があるはずだ。

みすみす敵の傷を癒やすようなことは誰もやらないし、そもそも意味がないのだが……

俺の回復魔法は違う。敵意を抱いて発動すればダメージを与えられる。

それが本来のこの世界の回復魔法の在り方なのか、異世界人の俺だから発現する異質な力なのかは分からない。

だけど、これが俺だけに許された力ならば、そのボスを倒せる可能性はまだ残っている。

ボスの能力は『魔法ダメージ無効化』ではないのだ。

もし、他の人にも回復魔法の効果反転の力が使えるなら、当然そのボスにも試しているはずだ。

だが今もなおダンジョンボスは健在。ということは、考えられる可能性は二つ。

一つ目は、回復効果反転はすでに別の誰かが試していて、そのボスには効果がない。

二つ目は、効果反転の力は俺特有のもので、ボスの能力の対象に回復魔法が入っていない希望がまだ残っている。

もし後者なら、俺にとってはまたとないチャンスなんじゃないか？

おそらく、あの憎きクラスメイトたち――まあ、そんなに憎んではいないけど――は、まだこの迷宮都市には着いていないだろう。今なら彼らを差し置いて、一足先に俺が異世界平和に貢献できるんじゃないか。

あっ、やばい、わくわくしてきた。

あいつらを見返せるかもしれない。

散々俺を罵（ののし）ってクラスから追い出したあの連中に、歯ぎしりくらいさせられるかもしれないぞ。

「……は……はははぁ……」

もうなんだか追い出されたこととか関係なしに、彼らを出し抜くことがちょっとだけ楽しくなってきた杖本君である。

「ちょっと……何笑ってるんですか～？」

「へっ⁉　い、いやなんでもないです。はい」

いかんいかん、知らずに声が漏れていたらしい。

我ながら恥ずかしや。

小さくかぶりを振ってから、気を取り直して脱力系銀髪少女に尋ねた。

「あの、地下迷宮ってどこにあるんですか？」

「えっ？　それならこの街の真ん中ですけど……って、もう説明はいいんですか？」

地下迷宮の場所を聞き終えるや、俺はくるっと踵を返す。

「はい。お仕事中に失礼しました。あっ、最後にお名前を教えてくれませんか？　俺はツエモトです」

「はぁ～、自分はミヤですが……急にどうしたんです？」

「いえいえ、色々説明してくれてありがとうございました。それでは」

「はぁ～」

俺は、仕事中にもかかわらず長話に付き合ってくれたミヤさんにお礼を言って、その場を後にした。

彼女とは、またどこかで会いそうな気がするな……などと柄にもないことを考えながら、ギルドの外に出る。

いつの間にか日は落ちて、外は暗闇に包まれていた。

先ほどより人通りはまばらだが、家々の窓から漏れる明かりや、露店に吊るされたランプによって大通りは明るく照らされていて歩きやすい。

俺はこの道の先に位置する、都市の中心部に目を向けた。

あそこに俺たち異世界人が召喚された理由がある。

そしてそれを倒せる可能性が出てきた。

どうせこれから行くところもないし、何より暇だ。暇人だ。

それに自分の能力を確かめるチャンスでもある。

無謀(むぼう)上等、馬鹿上等で……

「いっちょ行ってみますか、地下迷宮」

誰に言うでもなくそう呟き、俺は地下迷宮に向けて足を踏み出した。

9

＊＊＊＊ノア＊＊＊＊

私の名前はノア。魔法都市にある魔法学校の、高等部二年生です。

今、第八迷宮都市アバットの地下迷宮でダンジョンボスに挑んでいます。

「はぁ……はぁ……はぁ……」

「クワァ〜……」

ダンジョンボスの『クロコタール』は、ずんぐりした胴体に似つかわしくない細くて小さな顔を上に向けながら、眠そうに欠伸をしています。

体の方も小動物くらいの大きさなので、全体的に小さくて弱々しい印象を受けます。

まるでボスらしくありません。

くたびれてるかのように、細い脚を四本とも地下迷宮の地べたにピタッとくっつけているので、こちらから見えるのは背中に付いた網目模様の硬そうな甲羅だけです。

「はぁ……はぁ……フ、フロストランス！」

私は自前の大杖『ヘルスタッフ』を構えて魔法を発動させます。

上級の氷属性魔法、フロスト。

氷魔法は初級にアイス、中級にコールドとあり、それらを大きく上回る絶大な威力を誇るのが上級魔法のフロスト。

当然、発動させれば威力相応にＭＰの消費も激しいのですが、私の大杖ヘルスタッフには消費ＭＰを半分に抑える効果があります。

「……やあっ！」

かけ声とともに杖の先端をダンジョンボスに向けます。

体の芯からＭＰが抜けていく、目眩にも似た感覚に襲われ、同時に杖から特大の三角錐が飛び出しました。

先端が鋭利に尖った氷の槍が立て続けに五発放たれ、ダンジョンボスに襲いかかります。

ダンッ！　ダンッ！　ダンッ！　と氷の槍が炸裂(さくれつ)した音がドーム状の部屋に一定のリズムで響くと、その度に衝撃によって地面から粉塵(ふんじん)が舞い上がります。

「はぁ……はぁ……はぁ……た、倒せたでしょうか」

土煙に隠れて、私の位置からはダンジョンボスの姿が見えなくなってしまいました。

ＭＰ消費による疲労感を我慢し、ぜえぜえ息を切らしながら煙が晴れるのを見守ります。

次第に奥の景色が露わになるのですが……

【名前】クロコタール　【レベル】1
【ＨＰ】12／12

「クワァ～……」

甲羅の魔物は何事もなかったかのように欠伸をしています。

「……ダ、ダメでした」

この子はいくら攻撃しても、傷一つ付きません。

――クロコタール。

甲羅を背負った、基本的に温厚な性格の魔物。

動きは遅く、いつも眠そうに欠伸をしているのが特徴です。

魔物としては強くなく、他の魔物に狙われることも多いと聞きます。

この魔物の寿命は本来二十年ほどで、幼い頃は絶対に死んでしまわないように特殊な能力で保護されています。

それがこの魔物の能力、『物理攻撃無効化』と『攻撃魔法無効化』です。

生後一年はこの能力によって身を守ります。

その後成長すると能力は消滅してしまうらしいのですが、魔王と名乗る悪者がクロコタールのお母さんに変な魔法を掛けて、その子供の成長を著しく鈍化させてしまいました。

成長が遅くなったことで、その子は生後一年しか発動しないはずの能力を百年は維持できるようになって、魔王の手によってダンジョンのボスにされたというのです。

この子もある意味では被害者であり可哀想な話なのですが、このアバットの地下迷宮をクリアしなければ世界各地の地下迷宮の攻略が進まないので、今でも皆が代わりばんこにボスであるこの子に挑んでいます。そしてついに今夜、私の番が回ってきたのです。

他の地下迷宮では自由にボスに挑戦できるのですが、このアバットの地下迷宮に限っては予約制です。クロコタールは危険な攻撃をしてくることもないので、安易に挑戦する者や、ボス部屋を独占する悪質な者が多かったため、このようになってしまいました。

ボスへの挑戦権は、パーティーの人数が多かったりレベルが高かったりする人に優先的に回ってきます。

この地下迷宮のボス部屋が発見されたのが、約二年前。

私がボスへの挑戦を申し込んだのが一年前。

絶対に倒せないと評判のボスですが、「もしかしたら自分なら倒せるかも」という考えで挑戦する人も絶えません。

私はこの一年間、ずーっと自分の番が来るのを待っていました。


私は魔法学校に通う高等部の二年生ですが、現在は休学中です。

理由は、地下迷宮の攻略のため……ということになっていますが、本当のところは学校の皆に認めてもらいたくて地下迷宮のボスを倒しに来たのです。

私は自分でも自慢したくなるほど友達がいません。

原因は色々あります。

まず声が小さくて臆病。誰に対しても下手に出てしまうので、周りの人たちと上手く距離が縮まりません。

何より一番の問題は……この氷魔法！

魔法には七種類（火、水、風、土、光、闇、無）の属性があって、一人に一つの属性が宿っています。

ところが、私が宿していた魔法属性はまさかの氷。

たまに異常な魔法属性を備えて生まれる子供がいるとは聞いていましたが、自分がそうだとは思いもよりませんでした。

魔法学校の中等部に入学してそれを知った私は当然びっくり。周りの生徒たちは、私のことを奇異の目で見るようになりました。

この性格と不思議な魔法属性が合わさって、晴れて私は一人ぼっちになってしまったのです。

なので私は考えました。学校の皆に認めてもらうにはどうしたらいいだろう。

そして考え抜いた末に出した結論が、世界の人々を困らせているという魔王の手下である、地下迷宮のボスを倒す、ということなのです。


ですが、ですがですよ。

まさかこんなに理不尽な魔物だったなんて……

討伐に取り掛かって、早三時間。

最初は魔法の当て方を工夫しながらあれこれ試していましたが、後半はもう涙目になって、甲羅を背負った小さな魔物ちゃんに向けてひたすら魔法を放っているだけですよ。

これでは私が魔物ちゃんを苛めてるんだか、私が逆に苛められてるんだか分からなくなっちゃいました。

私だって、実際ここに来る前はいけるかなぁ、なんて考えていたんですよ。

私は魔法の理から外れた、氷属性の魔法を備えているわけですから、周りの人が倒せない魔物でももしかしたらって……

でも、まったく効いてないじゃないですか！

私の渾身の氷属性上級魔法、フロストの攻撃を受けても欠伸してるんです！

まるで空気扱いじゃないですか。

まあ、それもそうですよね。この第八迷宮都市アバットに滞在している腕利きたちが、二年掛けても倒せない魔物を、ちょっとおかしな魔法属性を備えた一介の学生にどうこうできるはずがなかったんですよ。

自惚れていました。調子に乗っていました。

こんなの倒せる人なんかいるわけないんです。

もう、こうなったら学校に帰って普通の一人ぼっち生活を満喫してやりますよ。

どうせ私なんて……

ウトウトと眠そうな目を泳がせているクロコタールに背中を向けて、私は地下迷宮のボス部屋を出ようと歩きだしました。

魔法都市まで遠いんだよなぁ、なんて心中でぼやきつつトボトボ歩いていると、不思議なことに通路から足音が聞こえてきました。

誰でしょう？　私の挑戦時間はまだ三十分近く残ってるんですけど。

誰かの挑戦中は原則ボス部屋には近づかない決まりになっているので、この時間に人が来るのは明らかにおかしいです。

もしかしたら人ではなく魔物!?　と右手の杖を構えますが、どう聞いても人間が靴底で地面を踏み鳴らす音にしか聞こえません。

そして岩肌がむき出しになった地下迷宮の通路の奥から、一人の少年が姿を現しました。

寝癖でボサついた珍しい黒髪。見たことがない変なシルエットの衣装。身長は明らかに私より高いはずなのに、全体的に華奢(きゃしゃ)な感じで私と同じくらいの体格にも見えてしまいます。顔は……まあ普通です。性格次第で上下変動あり、という感じ。

——って、そんなこと考えてる場合じゃありません！

なんでこの人は私がボスに挑戦してる時間なのに、のこのことボス部屋まで来てるんでしょうか。意味が分かりません。何考えてるんですか、この人。ちゃんとルールは守らないといけません！

ここは私が一言ビシって言って注意しないと！

私はボス部屋に踏み込んできた少年に歩み寄って、童顔の顔を精一杯しかめてキッと睨んでやりました。

きっと迫力があったと思います。いや、思いたいです。

ですがその少年はこちらを見てふっと微笑むと、私に先んじて口を開きました。

「ダンジョンボスって、あの亀のことかなぁ？」

「えっ!?　か、かめ、ですか？」

かめって何ぞや？　少年がいきなり話しかけてきたので、私は知らず知らず表情を元に戻してしまいました。突然馴れ馴れしくするなんて、反則です。

「あの……い、今は私の番なので……ど、どうぞお引き取りを……」

全力の勇気を振り絞って、告げてやります。

どうだ！　これで参ったか！　私としては精一杯声を張り上げたつもりだったのですが……

「あいつを倒せばいいわけかぁ。弱っちそうな魔物でよかったぁ～」

「……へっ？」

少年は私の言葉などまるで聞こえなかったかのようにスルーして、ボス部屋の奥に進んでいってしまいます。

「ま、待ってくださ～い……」

どうせ私は諦めて帰る予定だったのですが、なぜかその少年の態度や行動にイラッとしたので、止めようとして追いかけます。

「へぇ～、近くで見るとますます亀だなぁ」

ですが、すでに彼はクロコタールの甲羅の感触を確かめるように手で触れて撫(な)でています。

私の声の小ささが憎い！　気が弱いところも恨(うら)めしい！

自分への不満を心中で叫んでいる私をよそに、その少年は動かしていた手を止めて、そっと目を閉じました。

急に静かになったので、釣られて私までその光景を黙って見守ってしまいます。

すると少年はそっと目を閉じて、しばらく沈黙します。

目を開けた時、彼は背筋がゾクッとするような冷たい目をしていました。

さっきまでの穏やかな雰囲気が嘘のようです。まるで人が変わってしまったかのように、彼は私の氷魔法もかくやという冷たい目でクロコタールを見続けています。

一体、どうしたのでしょうか……

張り詰めた空気の中、少年が僅かに口を開きます。

私はどんな恐ろしい言葉が出るか、もしくは強力な魔法名が飛び出すのかと、不安に駆られてドキドキしていました。

ところが、静寂を破ったその言葉は、この状況では絶対にありえない言葉。決して人間が魔物に対して使うことのない魔法の名前。

彼はそれを、空気も凍てつかせるような冷たい声音で、ぼそっと言い放ったのです。

「……ヒール」

「……へっ？」

この出会いが、私の運命を大きく変えるとは、この時の私は思いもしませんでした。

10

「うわぁぁぁぁぁ！」

俺は喉がはち切れんばかりに絶叫しながら死に物狂いで洞窟を駆けていた。

理由はそう、今にも落石に押しつぶされそうになっているからである。

「うわぁぁぁ！　死ぬぅぅぅぅ！」

洞窟の天井から降り注ぐ巨大な岩の雨を、奇跡的にも回避しつつ出口に向かって人生最大のダッシュ。

叫んだからって何かが変わるわけでもないのだが、この状況で黙っていたらおかしくなってしまいそうだ。

すると、今にも消え入りそうなか細い声を耳が捉えた。

「い、いきなりなんなんですかぁ～」

どうにか言葉を判別して、その人物に注意を促す。

「は、早く出口に急げぇぇぇ！」

「あなたのせいじゃないですかぁぁぁ」

俺とその人物、水色の髪を三つ編みにした童顔少女は、崩れかけている洞窟の出口に向かって全力で走った。


ことの始まりは、ついさっき。

俺がこの地下迷宮のボス、クロコタールを倒したことがきっかけだ。

少し大きな亀みたいな魔物は、ボス部屋の中央に実に眠そうに鎮座（ちんざ）していたが、俺が敵意を持って回復魔法を発動すると、見事に光の粒子となって姿を消した。

正直、倒せるとは思っていなかった。

ダンジョンボスと聞いていたので、てっきりどデカい化け物みたいな奴がいるのかと思っていたが、まさかの亀。しかも手足が細くてえらく頼りない。

それでも俺は、この異質な回復魔法が簡単に効くとは考えていなかったので、ちょっと試してみっかなぁ、ぐらいの気持ちでその魔物にヒールを掛けてみた。

ところがびっくり仰天の一撃ノックアウト。

そいつのレベルとＨＰは、俺が初めて遭遇したあのゴブリンよりも相当低くて、ヒール一発で沈んでしまったのだ。

ただ倒せないだけの魔物だったようで、本当にこいつボスかと疑わしくなるほどの雑魚だった。

あまりに呆気なくて、最初に来ていた三つ編みのロリ顔少女と一緒に呆然としていると、突然洞窟のような地下迷宮がボロボロと崩れ始めたのだ。

俺は亀が落とした小さな緑色の甲羅を急いで拾い上げると、その少女と共にボス部屋から逃げ出した。

そして、今に至るわけだ。

「はぁ……はぁ……はぁ……」

「はぁ……はぁ……」

辛くも崩れ落ちる地下迷宮から脱出した俺と三つ編み少女は、街の裏路地でぜえぜえ息を吐いていた。

時間的には寝ている人のほうが多そうだが、地下迷宮の崩落音が街中に響いたせいで、地下迷宮周辺には野次馬が集まっている。

街はちょっとしたパニック状態だ。

その様子を民家の裏路地からこっそり窺いつつ、すぐ後ろでへばっている水色髪の少女に話し掛けた。

「まさか、ボスを倒したら地下迷宮が崩れるなんて思いもしなかったよ」

しかし、いくら待っても反応は返って来なかった。

「……」

薄暗い路地に俺の台詞の余韻だけが流れる。

えっ？　この距離で無視？

いや、きっと疲れているせいだな。そうに違いない。じゃなきゃ、俺は数メートルも離れていない女の子に盛大に無視されていることになってしまうんだから。

そうだったとしたら、マジで泣く。

俺は、地下迷宮跡から視線を外し、後ろにいる少女の方を向いてみた。

すると三つ編み少女はかなり近い距離にいて、上目遣いで俺のことを見ていた。

いや、正確には睨んでいた。

髪同様、鮮やかなブルーの瞳で、頬をぷくっと膨らませて、顔全体がカァーッと赤くなっている。

んっ？　これは怒ってるのかな？

くりっと大きくて可愛らしい瞳、ぷにぷにと柔らかそうな頬、幼すぎると言ってもいいくらいの童顔。

これで怒りを表現しようとしたら、まあこうなるのか。

まったく迫力がない。

おもちゃを取られた子供がブーブー言ってるようにしか見えない。

そして今さらながら気づいたが、この女の子は青を基調とした服装に身を包んでいる。床にぎりぎり届かないほどのマント。ブーツもグローブも、持っている大きな杖さえ青色だ。

ずっと見つめられていることが気恥（きはず）ずかしくなった俺は苦笑しつつ、改めてその少女に声を掛けた。

「……えっと……どうしたの？」

するとその少女は大きく口を開けて、思い切り空気を吸い上げた。

そして肺にチャージしたエアーを、俺に向けて全力で撃ち放ってきた。

「(なんなんですか、あなたはぁぁぁ)」

「……えっ？　今何か言った？」

俺には何も聞こえなかった。

大振りなモーションに反して出てきた小さな声を捉えきれなかったので、今度は聞き逃すまいと耳を近づけて次の言葉を待った。

「なんなんですか、あなたはぁぁぁ」

「あっ、聞こえた聞こえた」

なんだよ。てっきり俺の鼓膜が使い物にならなくなったのかと思っただろ。心配させんなやー。

俺は身元を聞かれたので素直に答えた。

「俺？　ツエモトだけど……」

「そ、そうではなくてですね、あなたはなぜあの時ボス部屋に来たんですか、って聞いてるんです！」

あっ、そういうこと。ならそう言えばいいじゃないか。

ていうか、普通に喋れんじゃん。

「俺はボスを倒すために、あそこに行っただけだけど……」

「だから、なんで私がいる時に来たんですか⁉」

「……ダメなの？」

「ダメですよぉぉぉ」

噛み合わない会話が続き、少女は半泣きになりながらプンスカ喚きだした。

うん、まあ、ちょっと可愛いかなぁ。でも我が心のアイドル橘さんに比べるとまだまだ……

なんてことを考えていると、今さらながらの疑問が浮かんだ。

「ていうか、君って誰？」

「ほえっ？」

微妙な表情で固まる三つ編み少女。

おっと、聞き方が悪かったかな？

けど俺だって、初対面の人にこんな馴れ馴れしい態度は取りたくないんだ。でもなんか、この子に対してだと口調が砕けてしまう。

少女は急に視線を外して俯くと、肩をわなわな震わせて小さな声で何か言い始めた。

「……私の番だったんですよ。一年も待ってやっと……。でもなんで……横取りされる形で……ボスが倒されちゃって……こんなのって……」

ぐすっと嗚咽が漏れる音が聞こえてくる。

いつの間にか少女はがっくりと肩を落とし、青色のグローブを嵌めた右手で目元を拭っていた。

突然の展開に少々面食らってしまうが、涙を流す少女の姿はフリでも真似でもなく、本心を曝け出していると思った。

彼女が悲しんでいるのか、はたまた悔しがっているのかは分からなかったが、俺が今すべきことは一つ。

できるだけ優しく、そっと声を掛けた。

「……なんか……ごめんな。俺のせい……だよな……」

その言葉を聞いても、彼女の嗚咽は止まらない。

彼女が泣いてしまったのは、どうも俺のせいのようだが、理由が分からないのでこれ以上何もできない。

それでも、いたたまれなくなった俺は、とりあえず話しかけ続けた。

「俺、田舎の方から来たばっかりで、街のこととか地下迷宮のこととか、まだ何も分かってないんだ。ついさっきもギルドの受付の人に変な目で見られちゃって……。その……俺が何か気に障るようなことをしたなら、本当にごめん。俺にできることならなんでもするから、だから……その……泣き止んでくれないか？」

もうほとんど泣きじゃくる子供をあやすような形になっていた。

初めて目の前で女の子に泣かれてしまった俺は、どう対処すればいいか分からずに、意味もなく手を動かしておろおろしていた。

すると三つ編みの少女は、ゆっくりと顔を上げて俺を見た。泣き腫らした目元は赤く、頬は僅かに上気していて、口元を固く結んでいる。

女の子のこんな顔を見るのも初めてだ。

俺は彼女の消え入りそうな声を聞き逃すまいと、慎重に耳を傾けた。

「……何でもするって……本当ですか……」

「えっ……」

俺はしばらくその言葉の意味が分からなかった。

そして気づく。

先ほど、うっかり口走ってしまった台詞を。

『俺にできることなら何でもするから、だから……その……泣き止んでくれないか？』

あぁー、確かにそんなこと言っちゃってましたねぇ。

言葉の綾とはいえ、我ながらなんと大胆なことを言ってしまったんだ。

しかし自分で言った手前嘘だとは言いづらく、俺は頬をぽりぽり掻きながら答えた。

「ま、まあ……可能な限りは……」

すると三つ編みの少女は体を前のめりにしてさらに俺に近づくと、怒るでもなく叫ぶでもない声で言ってきた。

「なら、地下迷宮攻略に協力してください」

「……へっ？」
ダ、ダンジョン攻略？　今、崩落して影も形もなくなっちゃった奴のことか？
いやいや、他の場所にもいくつかあるんだっけ。

「きょ、協力って、俺なんか連れていっても逆に足手まといになるだけだと――」

「うう……ヒドいです、嘘ついたんですか!?　さっき可能な限りって言ったじゃないですか……」

「ぐっ……」

俺は強く言い返せず、しどろもどろに言い訳するしかなかった。

「で、できなくはないけど……俺って攻撃魔法は使えないんだよね。正直武器もうまく扱えないし……一体、何をすればいいのかな？」

すると目の前の少女は一瞬驚いた表情を見せてから、俺から視線を外して下を向いてしまった。

そして、ぐすっとすすり上げながら、何やら投げやりにぼそぼそと呟いた。

「じゃあ……囮にでもなればいいんじゃないですか」

「はっ？　今なんて？」

おとりって言った？　おとりって……あの囮だよな？

力がなければ盾になれってこと？

マジですか……。意外に言うことがシビア。

しかし、冗談を言っているような雰囲気ではない。このままでは本当に肉壁にされかねないと思い、慌てて口を開いた。

「ちょ、ちょっと待ってくれ。俺に囮なんて無理だって。そもそも戦いに慣れてないんだ。それに手柄がほしいんなら、あの地下迷宮のボスを倒したのは自分だって言えばいいじゃないか。ほら、あの亀が落したこの小さな甲羅、君にあげるからさ……」

そう言って俺は、ボス部屋から逃げ出す時に拾った小さな緑色の甲羅をポケットから取り出して、三つ編み少女に差し出した。

ところが、彼女はくるっと後ろを向いてそれを拒絶した。

「別に手柄がほしいんじゃありません！　それにどの道、あの地下迷宮のボスを倒したのは、あなたではなく私だと思われてしまうでしょうから」

「えっ？　ど、どうして？」

「登録を見れば分かります。あの時間ボスに挑戦していたのは私一人だけというのは、もうみんな知ってますから……」

それを聞いた俺は、少しばかり状況を理解した。

おそらくあの亀に挑む順番か何かが決められていたのだろう。

それを知らずにボス部屋に足を踏み入れてしまった俺は、運悪くと言うべきか、無敵のボスをこの子から横取りする形で倒してしまったのだ。

それでさっきから彼女はこんなに怒っていたのか。

「それに、この手でボスを倒したという事実がなければ……手柄なんて意味がないんですよ」

少女は、まるで自分に言い聞かせるように呟いた。

その言葉は偽りのない彼女の本心に違いない。

それにしても、このまま黙っていれば地下迷宮のボスを倒したのは彼女ということになるんだし、俺が拾ってきた甲羅を受け取れば、それはさらに確実なものとなるはずだが、彼女は頑(かたく)なに受け取ろうとしない。

そもそも彼女はなんであの場に立っていたのか？

手柄がいらないというなら、彼女は一体何がほしいのだろうか？

そしてなぜ、俺に協力を仰いでまで地下迷宮の攻略を続けようとしているのか？

俺はその理由がすごく気になった。

けど……それよりも……

彼女のある言葉が、俺の頭に引っかかって離れない。

「もしかして君は……一人なのか」

ともすれば、自分に問いかけているようにも聞こえる言葉。

それを聞いた少女は、ピクッと肩を揺らして俯いたままの姿勢でぼそっと返してきた。

「……そうですよ」

後ろを向いているせいで表情は窺えないが、たぶんまだ悲しげな顔をしていると思う。

彼女の傷をえぐってしまった罪悪感が俺の胸をチクリと刺すが、それにも増して湧いてくる感情があった。

それは……親近感。

彼女は俺と同じく一人なんだ。

経緯はどうあれ、俺と似たような状況なんじゃないか？

彼女の姿を見ていると、俺にはそう思えて仕方がなかった。

きっと、初対面の彼女にここまで親しげに話せる理由も、おそらくこれだったんだ。

自分と同じ臭いを感じたから、遠慮なく（俺にしては）自然に接することができたのかもしれない。

彼女と俺は似ている——俺が勝手にそう思ってるだけだが、妙な繋がりを感じるんだよな。

それに、なんか放っておけない気がする。もしかしたら、橘さんも俺を見てこんな気持ちになったのかもしれない。

それで手を差し伸べてくれたのだろうか？

だったら俺も……

「……手伝うよ。地下迷宮攻略」

「えっ？」

三つ編みの少女は俺が承諾するとは思っていなかったようで、驚いた様子でこちらを振り向くと、腫れぼったい目を細めながら聞いてきた。

「なんで……急に？」

うーん……なんて言えばいいのか。

自然と湧いた彼女を助けたいという感情は、俺自身にもうまく説明ができないので、とりあえずそれらしい言い訳をしておくことにした。

「……やっぱり、ボスを横取りしちゃったのは悪いと思ったから、かな。それに俺、暇だし」

彼女は怪訝そうな目つきで俺を見る。どうやらまだ納得はしていないみたいだ。

まあ仕方ないか。

だから俺は、全力の笑みを浮かべて誤魔化すことにした。

「何より、女の子を一人で放っておくなんて、俺にはできないから」

「……っ！」

水色髪の少女は顔を隠すように、再びくるっと後ろを向いてしまう。

そして素っ気ない感じで返してきた。

「……そ、そうですか。……少しだけ……期待しま……してあげます」

「……は、ははは ぁ……」

やべー、勢いで言ったけど、かっこつけ過ぎたか？

俺はちょっと恥ずかしくなって、苦笑しつつ地下迷宮の方へと目を向けた。

いつの間にか、地下迷宮跡地には大勢の人が集まり、街の空気は混乱から歓喜に変わっていた。

皆が思い思いに騒ぎまくっている。

意味不明なダンスを踊る者。夜も深いというのに酒を呷る者。閉めたはずの露店を急遽オープンする者。

その光景はこの第八迷宮都市アバットの地下迷宮がクリアされたことによるお祭り騒ぎだと、遠巻きに眺めている俺でもすぐに分かった。

このままあの中心に躍り出て、ボス部屋で拾ったこの甲羅を掲げれば、たちまちあの祭りの主役になれるに違いない。

だが俺はその騒ぎに背を向けて、そっぽを向いてしまった三つ編み少女に歩み寄った。

＊＊＊＊ノア＊＊＊＊

どうして私は、あんなことを言ってしまったんでしょう。

私の隣には今日出会ったばかりの少年が並んで、一緒に街のメインストリートを歩いています。

彼は、私からボスを横取りした人。

本当のことを言うと、彼がボス部屋に来た時には、すでに私は諦めて帰ろうとしていたので、横取りしたとは言い難いんですが。

言いがかりというか、八つ当たりですよね。そもそも私にはボスを倒す力がなかったのですから。

私が抗議すると、彼は律儀に謝罪を述べました。

本当はそれで終わりにすれば良かったんです。でも私は、なんだか気持ちが収まりませんでした。

だって、ボスに挑戦するまで一年も待っていたんです。それに、私があんなに長い時間苦労しても傷一つ付けられなかったボスをたった一撃で、しかもありえないような魔法名を口にして倒してしまったのです。

これじゃあ、ますます自信がなくなってしまうじゃないですか！

だから私は少し意地悪してやろうと思って、彼に無茶なお願いをしました。

いえ……してしまったのです。

そして気がついたら、戦えないと言う彼に対して、「囮にでもなれば」なんて……ひどいことを口走っていました。

不思議です。普段ならこんなこと絶対言えないのに。

私は自分でも絶賛したくなるほど、世界一だと胸を張って言えるほどの臆病者です。

なのにそんな私が、今日初めて会った人に対して……まして同い年くらいの男の子に対して、なんて大それたことを言ってしまったんでしょう。

ところが、彼はそんな私の地下迷宮攻略を手伝うと言うじゃないですか。

今まで私の周りにいた人たちは、氷魔法を使う私に怯えたり、声が小さくてうまく話せない私をからかったりするような人たちばかりでした。

私に向けられるのはいつも負の感情。

ですが、この人は違いました。

私の今の状況を理解して、私と対等の立場で話してくれている気がします。

その時、私は直感しました。この人も一人ぼっちなんだなって。

だからこんなに接しやすいのだと。

それで親近感が湧いてきて、彼の言葉に甘えてしまったのかもしれません。

でも……


「……どうかした？」

「えっ!?」

突然彼が声を掛けてきたので、びっくりして思わず声を上げてしまいました。

どうやら私はボーッとして、長い間彼のことを見つめてしまっていたようです。

「な、なんでもありませんよ。なんでも」

「ふぅ～ん、そっか」

できるかぎり素っ気ない感じで、ぷいっとそっぽを向いたら、なんとかうまく誤魔化せたようです。

彼も悪気(わるぎ)があって私からボスを取ったわけではないようですし、ここはやっぱりきちんと謝罪をして彼を解放してあげるのが正しいんでしょうか。

それに彼の言うとおり、このまま黙っておけばボスを倒したのは私ということになりますし、学校の皆にはそう報告してしまえば誰も分からないはずです。

……いえ、やっぱりそれは違いますね。

他人が立てた手柄を自分のもののように言い張って、それで皆に認めてもらったとしても、きっと素直に喜べないでしょう。

彼は地下迷宮攻略に協力すると言ってくれたんです。

だったら彼の力を借りながら、他の地下迷宮をちゃんと人に誇れる形で攻略すれば良いのです。

彼の弱みにつけ込むような形で協力してもらうのは少し後ろめたいですけど、今さら後には引けません。

私も少なからず怒っているんです。

ちょっとくらい辛く当たってもバチは当たりませんよね？

「……」

思いがけず、私は一人ぼっちではなくなりました。

でも、もっと違う出会い方をしていたら？

彼がなんでもすると言ってくれた時、反射的に思い浮かべた〝お願い〟を素直に言っていたら？

あんなにひどい言い方をしなくても、彼は地下迷宮攻略を手伝ってくれたんじゃないでしょうか。

主従や強制ではなく、仲良く、協力的に。

でも、私には無理です。

初めて会った人に対してそんなこと……言えるはずがありません。

「(友達になってください……だなんて)」

「んっ？　なんか言った？」

「い、いえ……なんでも」

私はまた素っ気なく顔を背けて誤魔化してしまいました。

怒りたいのか近づきたいのか、自分でもよく分からなくてイライラしてしまいます。

こんな気持ち……こんな状況……こんな人……

初めてですよ、まったく。

迷宮攻略

1

水色髪の少女はノアと名乗った。

今俺は、彼女と二人で大草原を貫く街道を歩いている。朝からずっと歩きっぱなしだ。

道といっても、当然アスファルトの舗装なんてされていないし、センターラインも路側帯もない、ただの土がむき出しの道だ。

まあ予想していたとおりだが、この世界に自動車は存在しないらしいからな。

あったら今頃こんな辛い思いをしていないだろう。

「……ノ、ノア～？」

「……」

「もしも～し……ノアさ～ん？」

あれ？　名前違ったっけ？

いやいや、そんなはずはねえよ。昨日聞いたばっかりなんだから。

「……」

俺の前を黙々と歩き続けるノア。

俺は少し足を速めて、ノアのすぐ後ろに付いた。

「……さすがにこの距離で無視はひどくないですか？」

「……な、なんですか囮さん？」

えっ、囮さん!?　俺のこと？

過去のニックネームランキングを遡(さかのぼ)っても、そんなにひどいあだ名は登録されていない。

これはもうぶっちぎりで一位だろ。

でも今はそれよりも……

「なあ、本当に歩いて行くのか？」

「当たり前じゃないですか。私、お金ほとんど持ってませんから」

「はははぁ……はぁ～」

苦笑ついでにため息を吐きながら、俺は渋々歩き続ける。

まだまだ先が長いことを思うとなかなかしんどい。気持ちが沈んでますます足が重くなる。

手持ちが心許(こころもと)ない俺たちは、旅費を渋って馬車を使わずに徒歩で向かっているのだ。

予測される所要時間は、丸二日。この間、歩きっぱなし。

まったく、どこのマラソン番組だよ。ゴール付近になったらＢＧＭ流してくれるんだろうな。

昨夜俺は、彼女にお願いされて一緒に地下迷宮攻略を進めることにした。……そう、お願いなのだ。断じて命令などではない。

互いに軽く自己紹介を交わした後、彼女は急いで宿屋に荷物を取りに行き、そのまま夜が明ける前に二人で第八迷宮都市アバットを後にした。

正直俺は、空腹も限界だったし、精神的な疲れもあって、せめて朝まで街のどこかで休んでいきたかったのだが、ノアはそれを許さなかった。

一応理由はある。地下迷宮をクリアした（ことになっている）のが自分という情報が知れ渡る前に、アバットを離れたかったかららしい。

まあ、迷宮クリアの直後からあんなお祭り状態になっているんだ。主役であるボス討伐者が出て行ったらどんな騒ぎになるか、考えただけでどっと疲れる。注目を浴びたくないという彼女の気持ちも分かる。

そんなわけで、俺たちはアバットを出てしばらく街道を歩いた。

俺にとってはこの世界に来てから二度目の外。

昼間と違い、人里から離れて、月明かりだけを頼りに薄暗い草原の道を歩くのは少し心細かった。

歩き続けること約三十分。アバットから少し離れた場所で、ようやく前を歩いていたノアが立ち止まった。

「今日はここで野宿にしましょう」

まさかの野宿宣言。野宿なんて一度もしたことがなかったが、昼から歩き通しで俺の疲れは限界まで溜まっていたので、俺は反射的に頷いた。

近くにあった大きめの岩に腰掛け、久しぶりの休み時間が訪れる。

あとはせめて食い物があればなぁ、なんて考えていると、それを見透かしたかのようにノアが肩掛けポーチの中から大きなパンを取り出した。

思わず土下座する勢いで必死にパンをくれとせがんだね。今思い出すと自分でもちょっと引くわ……。あの時の俺の顔は相当気持ち悪かったと思う。

それでもノアは無言でパンを二つに割って、片方を俺に差し出してくれた。

案外優しいのかもしれない。いや……単に俺が鬱陶しくて、パンを与えて黙らせただけかも。

ともかく久しぶりの食事にありつけた俺は、一瞬でパンを平らげた。

俺としてはそのまますぐにでも眠りたかったが、ノアが話を始めたので、すぐに寝ることはできなかった。

話というのは、今後の地下迷宮攻略をどう進めていくかだ。

まあ、手伝うと言った以上、最後まで真面目に取り組むつもりなので、ここは真剣に話を聞いた。

そして三十分ほど話し合った結果、次の行き先が決まった。

アバットの北に位置する第三迷宮都市ドルイ。


そんなこんなで、俺たちは歩き通しというわけだ。

「でもなぁ～、丸二日も歩くのはさすがにしんどい」

「一番近くの地下迷宮がそこなんですから、仕方がないじゃないですか。それに大丈夫ですよ。途中の村で少し休めますから」

「……って言われてもなぁ」

勘弁してください。帰宅部で家が大好きな俺としては、もうすでに足が限界なんですよ。

心中でぶつくさ言いながらも健気に足を動かす。

時折ノアと言葉を交わすが、二言三言だけで大した話はしていない。

正直会話がないと、歩くだけの作業で実に退屈だ。余計に疲れを意識してしまう。

なんであんまり喋ってくれないんだろう？

勇気を出して俺から話しかけてみても、ノアは会話を膨らませる努力をしてくれない。

そんなにボスのこと根に持ってるのか？

それとも俺のことが嫌いなのか？

やっぱり顔か……俺の顔が気に食わないのか。

脳内で繰り広げられる自虐劇を遮って、突然前を歩くノアが低い声で囁いた。

「……魔物です」

「えっ!?　ど、どこ……」

俺は瞬時に身構え、周囲に目を向ける。

すると道の前方を塞ぐようにしてたむろしている、見知った姿を目撃した。

【名前】ゴブリン　【レベル】3

【ＨＰ】４３／４３

【名前】ゴブリン　【レベル】５
【ＨＰ】５０／５０

【名前】ゴブリン　【レベル】３
【ＨＰ】４３／４３

ボロ切れを纏(まと)った緑色の小人が三人――いや、三匹。

この世界で俺が初めて戦った魔物、ゴブリンだ。

「グルァァァ！」

俺はこれで魔物と対峙するのは三回目だが、亀のようなボスは魔物らしさが皆無(かいむ)だったので、敵意をむき出しにした相手となると実質二回目だ。

昨日散々ゴブリンにいたぶられた時の苦痛が脳裏をよぎり、思わず足がすくむ。

「……どうする？　に、逃げるか？」

「えっ？　な、何言ってんですか？　倒すに決まってますよ」

恐る恐る尋ねた俺に、ノアはさも当然のように返してくる。

「……ど、どうして？」

出会い頭に全力キックをかました俺が言うのもなんだけど、今さらながら俺は疑問を抱いてしまった。魔物ってそんなに積極的に倒していくものなのか？

「どうしてって言われても……。魔物は悪い存在だからですよ。倒さなきゃ危ないじゃないですか」

「……あ……そう……なんだ」

魔物は悪い存在。

きっと俺たちの感覚で言うと、家に湧いたハエやゴキブリみたいな扱いなんだ。しかもメチャクチャ強いから、下手したら人間が襲われて昨日の俺みたいに殺されかける。だから見つけたら倒す。そんな理屈かな。

魔王のせいで魔物が増えて、人々が困っているというなら放っておくわけにもいかない。

ちょっと怖いけど戦うしかないか。

回復役は回復役として。

「……よし。ノア、怪我をしたらいつでも俺に――」

「さ、さあ囮さん。早くゴブリンに突っ込んでください」

「……はっ!?」

えっ？　ちょっと待って？

今、突っ込めって、あのゴブリンたちに突っ込めって言った？

マジで囮やるの？　俺？

「ちょ……俺って本気で囮やらなきゃいけないの？」

俺がそう聞くと、ノアは冷や汗を垂らしながらも悪戯っぽい笑みを浮かべた。

「で、でも……〝俺にできることなら何でもする〟が信条じゃなかったんですか？」

「ぐっ……」

そんなボランティア精神溢れる信条を掲げた覚えはない。

このロリ野郎。なめやがって。

ふつふつと湧き上がる怒りに任せて、俺は自然と叫んでいた。

「あー分かったよ！　突っ込んでやろうじゃねえの！」

すると、そんな俺の気勢に反してノアは呑気に小さく手を振ってきた。

「が、がんばってくださ～い」

俺は苦い顔をしつつ一歩前に出て、ゴブリンたちの様子を窺った。

三匹のうち二匹は俺が最初に戦ったゴブリンと能力値的にも同じっぽいが、残りの一匹は少々強そうだ。レベルもさることながら、他の奴らが素手なのに対して、岩を棒状に切り出したような無骨な棍棒を手にしている。左右に素手の二匹を子分として従えた形だ。

だが、こちらもみすみすやられる気はない。

俺はちらりと後方のノアに目を向けて、ある決意を抱く。

囮なんてやってたまるか。俺だけでこいつらを一掃して、ノアをびっくりさせてやる。

「……ヒール」

ぼそっと低い声で唱える。

すると右手に、ぽわっとほのかな紫色の光が灯った。

俺はその手を構えて、まずは左にいる子分ゴブリンのもとへと駆け出していった。

「うおぉぉぉ！」

「グルァァア！」

俺の動きに応えるかのように、左のゴブリンが前に出てきた。

三匹同時に来られたらヤバかったが、これはチャンス！

俺はさらに足を速めてゴブリンに近づいていく。

ゴブリンが右拳を握りこんだのが見えたので、咄嗟に身体を捻って左の方へと回避する。

ゴブリンの拳が空を切る脇を抜け、すれ違いざまに奴の右脇腹に手刀をくれてやった。

「グギャァアァ！」

小人の苦悶の叫びが草原に響く。

いつの間にか、俺の頬は緩んでいた。魔物に対抗できたことへの喜び、戦える力が確かにあることへの安心感。敵の動きを観察してパターンを見分ける戦い方は、まるでアクションゲームのようでもある。

【名前】ゴブリン　【レベル】3
【HP】13／43

ゴブリンのＨＰが13まで減っている。

前は19だったことを考えると、おそらく俺のレベルが上がった影響でヒールのダメージが上昇したんだろう。

そこそこの数のＲＰＧをやっている俺としては、『ヒールのダメージ』という言葉には妙な違和感を覚えるが、それが正しい表現となってしまうのが俺の回復魔法だ。

「ヒール」

もう一度敵意を持ってヒールを発動させ、地面をのたうち回る子分ゴブリンにそっと手を添えた。

パアァンという音とともにゴブリンの体は光の粒子へと変わり、空気に溶け込むようにして消えてなくなった。

俺はもう一匹の子分ゴブリンの方に向き直り、先ほどと同じく駆け出そうとした。

だが……

「グルァァア！」

唯一武器を持った親分ゴブリンが、子分ゴブリンの前に出て、俺の攻撃を遮ろうと立ちはだかった。

子分では俺を倒すのは無理と判断して、自ら出てきたのだろう。

「ま、そうなるよな……」

まさか子分を守るためとか言わないよなぁ。

俺は親分ゴブリンとの距離をジリジリと縮めていき、攻撃のタイミングを見計らった。

親分ゴブリンのレベルは俺より高いし、おそらく攻撃を一発でも受けたらそれだけで俺は戦闘不能になるだろう。

素手ならまだしも、あんな棍棒でぶん殴られたらと考えると、さすがに恐怖を覚える。

そして俺は、イチかバチかのある作戦を思いついた。

痛いだろうなぁ、やっぱ怖いなぁ……でも今後のためにも試してみたいなぁ。

散々脳内で葛藤した後、ついに俺は行動に移った。

右手を自分の胸に当て、左腕は体の前に掲げながら親分ゴブリンに突っ込んでいく。

「うおらぁぁぁ！」

「グルァ！」

親分ゴブリンが逞しい腕で振り回した岩の棍棒が、俺の左腕めがけて迫る。

このままガードをすれば最悪骨が折れてしまうだろうし、痛みで動けなくなるかもしれない。

そこで俺は、攻撃をギリギリまで引きつけて回復魔法を発動させた。

敵意ではなく、善意を込めて。

「ヒール」

ガツッ!!

奴の棍棒が俺の左腕に食い込んだ瞬間、俺の回復魔法も同時に発動した。

一瞬痛みを感じたものの、すぐにそれは消え去り、俺は奴の棍棒フルスイングの防御に見事成功した。

回復魔法を使った防御技。即席で思いついた作戦だったがうまくいった。

いくらなんでも武器を持った相手を無傷で倒せるとは思えない。ならば攻撃を受ける前提でタイミングよく自分に回復魔法を掛けて、大幅に減るはずだったＨＰを持ちこたえさせようという作戦だ。

ヒールの発動が少し遅れたので、一瞬だけ痛みを感じたものの、なんとか防御に成功した。

あとは……

「うらっ！」

俺はすぐ目の前に晒された棍棒を持つ手を思い切り蹴り上げた。

バシッ！　という小気味良い音を立てて、上手い具合に棍棒は奴の手から離れた。

これで奴の武器は無くなり、状況はイーブン。

「グルァ！」

ゴブリンは激怒したように吠え、すかさず俺に右ストレートを繰り出してきた。

だが、俺はすでにその動きよりも一歩先んじて奴の右脇腹に手を触れていた。

「ヒール！」

「グギャァァァ！」

【名前】ゴブリン　**【レベル】**5

【HP】20／50

効果反転した回復魔法を食らった親分ゴブリンは、不可視の傷を負ったかのように突然悶え苦しみだした。

もちろん一発で倒せないことは分かっていたので、俺は手を放すことなく再び敵意のヒールを発動させた。

「ヒール」

「グギャァァァ！」


先ほどの子分ゴブリン同様、親分ゴブリンもその体を幾千もの光の粒に変えて四散する。

同時に、優しい鐘の音のような音が頭に響き、脳内に情報が送り込まれてきた。

【名前】ツエモト　ユウト
【レベル】2（＋2）
【HP】24／24（＋8）【MP】4／14（＋6）
【筋力】14（＋2）【耐久】8（＋3）【敏捷】12（＋5）【魔力】10（＋8）
スキル：回復魔法［ヒール］

←

【名前】ツエモト　ユウト
【レベル】４
【ＨＰ】２４／３２　【ＭＰ】４／２０
【筋力】１６　【耐久】１１　【敏捷】１７　【魔力】１８
スキル：回復魔法［ヒール］

レベルアップの知らせに自然と口元が緩む。気づけば俺は残った子分ゴブリン目掛けて走り出していた。

「ヒール！」

「グギャアァア！」

ＨＰは最初のゴブリンと同じ個体だったが、今度はヒール一発で消滅した。

やはりレベル上昇とともにヒールの威力も上がっているようだ。

「ふぅ〜、さてと……」

ゴブリントリオを綺麗に一掃した俺は、傍らで戦闘を眺めていたノアに歩み寄り、自信満々に言ってやった。

「いやぁ〜、囮をやるはずだったんだけど、知らない間に倒しちゃったみたいだなぁ……あはははぁ……」

もちろん最初からガチで殺りにいっていたが、ここはノアのリアクションに期待して見栄を張ってみる。

ところが彼女は俺の予想に反して……というか、少し違うベクトルの驚き顔を見せた。

「な、何やってんですか囮さん！　囮だからってわざと殴られに行って、危ないじゃないですか！　それに、ゴブリン相手に時間かけすぎです」

「えっ？」

「あんまりのんびりしていると、村に着くの遅れちゃいますよ」

そう言い残すと、ノアはそのままスタスタと道を歩いていってしまった。

「……は、はぁ〜」

おいおいマジかよ。

あれで遅いって、他の人はどれだけ早くゴブリン倒せるんだよ？

てか、ちゃっかり俺に戦わせてるけど、もしかしてノアって結構強かったりするの？

一人で地下迷宮攻略をしようってくらいだから、それなりに実力があるのかもしれない。

なら真面目に戦ってくださいよ。回復役の俺を戦わせないでくださいよ。

まあ、一緒に行動してれば戦闘シーンを見る機会もあるだろうし、その時にちょっとだけ言い返してやろうかなぁ。

俺は密かに決意を固めつつ、前を歩くノアを駆け足で追いかけた。

俺の接近に気づいたノアはゆっくりこちらを振り向くと、不審そうに聞いてきた。

「囮さんのその魔法って、回復魔法……ですよね？」

「えっ？　う、うん……」

んっ？　急にどうしたん？

俺は頭上にクエスチョンマークを浮かべつつ、ノアの次なる言葉を待った。

「なんで回復魔法なのに、魔物を倒すことができるんですか？」

この一言で俺は確信を得た。

大きな杖を持ち歩いているところを見ると、おそらくノアはいわゆる魔法使い。一般的な魔法の知識もあるはずだ。

なのにノアは、俺が回復魔法で魔物を倒したことを疑問に思った。つまり、回復魔法の効果反転の能力はこの世界でも一般的ではない――俺特有のものなんだ。

「クロコタールを倒したのも、その魔法ですよね。……教えてください、それがなんなのか」

「えぇ～と……そのぉ～……」

俺はこの能力のことを隠さず話していいものかと数秒迷ったが、勇者の部分に触れなければ問題ないと結論づけて、異質な回復魔法の説明を開始した。

「なんつーか……俺のこの魔法はね……」

2

「それはつまり、囮さん自身にもよくわかっていない力、ということですか？」

「うん、まあ、そうだね」

「へぇ～……」

ゴブリントリオとの戦闘を終えた俺とノアは移動を再開していた。

いや、正確には〝俺ＶＳゴブリントリオの戦闘〟だな。こいつ戦ってないし。

道すがら、俺はノアに異質な回復魔法のことを説明した。


俺が話した内容は次のとおり。

まずは、俺の回復魔法は善意と敵意によって効果が変わるということ。

善意を持って発動させれば本来の癒しの力が表れ、逆に敵意を持って発動させると敵を苦しめる魔法に変わる。まあこの見立ては、まだ仮説の域を出ないが。

次に、この異質な回復魔法の出処（でどころ）だ。正確には異世界人の能力覚醒によって発現させた力だが、これを話すと勇者召喚の部分にも触れざるを得ないので、突然発現した異常な回復魔法ということにしておいた。

正直それで納得してくれるとは思えなかったけど、ノアはびっくりするほどすんなり頷いてくれた。なんでだろう？

最後にノアは、俺が何者なのかという疑問を口にした。

まあ学校の制服姿はこの世界でもちょっと浮いてるし、田舎から来たって言っても曖昧すぎて疑念を抱かれる。それに、じゃあどこの田舎ですかって聞かれたら答えられないし。

そこで俺は、迷うことなく即答してやった。

「俺はただのぼっちだよ」と。

たぶん俺はドヤ顔をしていたと思う。

あの時を振り返ると、なぜその台詞を自信満々で言ったのか、自分でもさっぱり分からない。

ぼっちは惨めで情けないもののはずなのに。本当にどうかしてた。

でも、同じぼっち同士なんだから何か通じ合うものがあると、俺は信じた。

だけどノアが、なんだこいつ！　って目で俺を見たのは、正直傷ついたなぁ。

ヒールじゃ治せない痛みだった。

でもまあ、自分で言っておいてなんだけど、その反応が正しいですよ。はい。


俺とノアの旅はなおも続く。

だが今は、ノアが積極的に質問をしてくれるようになったので退屈はしない。

「突然発現した異常な回復魔法……。敵意によって効果が反転――それはつまり、傷を癒すのではなく広げる、ということでいいんでしょうか？」

「いや正しくは、傷を作る、じゃないかな？」

「はぁ〜、なるほどぉ〜」

たぶんこの闇ヒール（仮名）は元々ある傷を広げるんじゃなくて、新たに傷を作るんだと思う。

そうでなければ、無傷のゴブリンに闇ヒールを掛けてダメージを与えられた説明がつかない。

でも、ゴブリンたちって苦しんでいただけで、血とか出てなかったよな？

内部的にダメージを負っていたのかもしれないけど。

まあ、そういうことにしておこう。じゃなかったら、不自然に生傷が出現しまくった血だるまのゴブリンを見ることになっていたんだから。

そんなホラーっつーか、グロはＮＧだ。

「はぁ〜、なるほどぉ〜。その魔法なら、あの無敵のダンジョンボスを倒せたのも納得ですね。ボスの攻撃無効化体質に、回復魔法は対象外ですから」

「まあ……そうかもなぁ……」

俺は道を歩きながら、右拳を顎に当てて考える。

彼女の言うとおり、回復魔法の効果が反転しただけだから攻撃魔法扱いにされず、奴のスキルを突破できた——俺が最初に思いついたのも、まさにそれだ。

だが、もう一つの可能性があるんじゃないかとも思える。

ノアには話していないが、この回復魔法が異世界人の能力覚醒によって発現した力だから、あの亀を倒せたんじゃないか、ということだ。

簡単に言うと、この回復魔法が「魔法」ではない可能性。

俺のステータスの一番下には「スキル：回復魔法」とある。

普通、魔法を使えるようになったら、スキルではなく魔法欄に組み込まれるものなんじゃないか？

まあ、他に魔法が使えるわけじゃないから、この世界の魔法とかステータスの概念は、よく分からんが。

だから俺は、この回復魔法は魔法とはまた別の力なんじゃないかと考えたわけだ。

あの亀の無効化にスキルダメージが対象外なら、楽々ダメージを与えられたのも不思議ではない。

つまり異世界人が発現した特殊なスキルなら……つまり俺を追い出したクラスの連中でもあのボスを倒せたのかもしれない。

俺だけが特別というのも、実感湧かないし。

「ダメージを与える回復魔法。私もはじめて聞きましたが、一口に回復魔法と言っても色々あるものなんですねぇ～」

俺の隣を歩くノアが、感慨深く呟く。

俺の勝手な見立てだと、彼女はそこそこ腕のいい魔法使いのはずだ。どうせまだ目的地までは長いんだから、魔法について彼女に色々教えてもらうのも良いかもしれない。

そう考えた俺は、今度は逆に質問してみた。

「回復魔法って、ヒールの他に何があるんだ？」

はじめは自分が質問されているのに気がつかなかったようだが、人差し指を頬に当てて悩むような仕草を見せた後に、ようやく答えてくれた。

「えぇ～と……そもそも回復魔法を使える人は少ないので、私もあんまり詳しくは知らないですけど……確かヒールの次が『ヒーリング』……だったようなぁ……」

「ヒーリング？」

「初級の回復魔法の一つで、ヒールの拡大版です」

「拡大ってことは、普通のヒールより威力が高いってことか？」

俺がそう問うと、ノアは小さくかぶりを振る。

「いえ、拡大するのは威力ではなく、対象人数です」

「対象人数……」

俺の理解力が追いつかず、要領が悪い会話を繰り広げていると、ノアは呆れたように身振り手振りを混じえて説明を続けてくれた。

「まず、ヒールの対象者は必ず一人じゃないですか」

ノアが人差し指を立てて俺に見せつけるように前に出す。

確かにヒールは一人だけしか掛けることができない。

あの回復魔法の光は一度誰かに触れてしまえば、たちまち薄れていき、次に掛けたい相手がいても二度掛けは不可能だ。

ヒール一回で何度も相手に掛けることができていれば、今頃俺のＭＰはここまで消費されてなかっただろうし、あそこまで「ヒール、ヒール」と連呼する必要もなかった。

んっ？　待てよ。そもそも魔法を発動させるのに魔法名を言う必要はあったのか？

もしかして俺は、とんでもなく恥ずかしいことをしていたんじゃないか？

……今度こっそり無詠唱でできるか試してみよう。

そして、もしできなかったら、練習してみてもいいかもな。

俺がとりとめもなく考えている間もノアの説明は続く。

「対するヒーリングは、ヒールと違って対象者が複数なんですよ」

「……複数？」

首を縦に振ったノアは、次いで両手で輪っかの形を作ってみせた。

「ヒーリングを発動させた人を中心に、こう、円形の魔法陣が現れて、その領域に入っている人の傷を癒やしてくれるんです」

「へぇ～……それってつまり、その魔法陣に入ってる人全員にヒールが掛かるってこと⁉」

「はい、そうですよ。魔法陣の範囲内にいれば、人数制限はないはずです」

「……マ、マジか……」

おいおいなんだよ、範囲系なのか。やっぱりそういうのもあるんだな。

皆の傷を一度に癒やすことができれば、ピンチになっても一瞬で立て直せる。

もし、俺がヒーリングの魔法を覚えて、敵意を持って発動させたとしたら……

やっぱ回復役って有能なんじゃないの。

あのクソ勇者ども、俺がいなくなって残念だったな。

もう怪我しても絶対治してやんないし。唾か絆創膏でも付けてな。

ははは、ざまぁみろ。

あっ、橘さんは特別だから当然治してあげるけど。

むしろ怪我してなくてもヒールっちゃうレベル。

——えっ、何それ気持ち悪っ。

思わず自分の気持ち悪さに突っ込みを入れつつ、俺は次なる質問をノアにぶつけた。

「……他にも回復魔法はあるの？」

するとノアは両手を掲げて、お手上げのポーズをとった。

「これ以上は私も。私の魔法と同じように中級と上級があるってことは分かりますが、その効果や内容までは……」

「ふぅ～ん、そっか……」

ノアが知らないとなると、これ以上は自分で確かめていくしかないということだな。

オタク気質の俺としては、他の回復魔法がめちゃめちゃ気になるが、まあ仕方ないだろう。

「もっと威力の高い回復魔法とかあればいいなぁ、なんて思ったんだけど」

「……今のままではダメなんですか？」

俺の呟きにノアが首を傾げる。

独り言のつもりだったので、俺は適当に理由をつけて返した。

「えっと……俺ってまだまだレベルが低いから、一気に高威力の魔法を手に入れられたら、レベルアップも簡単なんじゃないかなぁって。あははぁ……」

「そもそもレベルが上がらなくては、その魔法を覚えたとしても使えないんじゃないですか？」

「はははぁ……まあそうだよな」

俺は苦笑する。なるほど、レベル制限があるのね。

「それにしても……なんでダンジョンボスを倒したのにレベルが一つも上がらなかったんだろう？どうせなら50レベルくらいまで一気に上がればよかったのに」

「いやいや、何言ってるんですか、囮さん」

俺の愚痴に、またもノアが反応した。

「あのダンジョンボスのクロコタールは低級の魔物で、しかもその赤ん坊だったんですよ。たとえ倒したとしても、経験値はゴブリンの半分もありません」

「へぇ～、そうだったのかぁ……詳しいんだな、ノア」

「……私がどれだけあの地下迷宮攻略を待ちわびていたと思ってるんですか。調べ尽くすのは当然ですよ」

ノアは胸を張って、得意げにふんと一つ鼻を鳴らす。

こうして見ると、そこそこ胸があるな……。俺の視線はつい釘付けになってしまったのだが、そこは勘弁してほしい。

「ていうか、私からボスを横取りしておいて、よくその話を持ち出せましたね。私が先に中の魔物を倒していたお蔭で、さぞ地下迷宮の探索は楽だったでしょう？」

「……はは……ははは ぁ……何のことかなぁ……」

図星をつかれた俺は、横を歩くノアから、すぅーっと目を逸らす。

確かに地下迷宮を進むのは楽だった。魔物が少ないと聞いていたが、一度もエンカウントしなかったので変だとは思っていたのだが。それがまさか、最初にノアが地下迷宮に入っていたお蔭だからだったとは……

「しかし、そんな雑魚敵ってことなら、この亀の甲羅はあんまりレアなアイテムじゃないってことか」

俺はボスが落とした甲羅をポケットから取り出しつつ、気まずい空気を取り払うために話の流れを変えた。

「いいえ、そんなことはありませんよ」

ノアがその理由を丁寧に説明してくれる。

「その甲羅は、〝クロコタールの命甲羅〟という名前のアイテムで、無効化の能力が消えたばかりのクロコタールを倒すと、ごくたまに落とすらしいですよ。温厚な性格のクロコタール自体、倒す人は少ないですけど」

「ならこれは、そこそこ珍しいアイテムってことか」

「はい。無敵の能力を持ったクロコタールの赤ん坊から取れるってことで、お守りとして子供に持たせる人が多いみたいです」

「へぇ～……」

この会話で、かなり多くの知識を得られた。

俺は、今日何度目とも分からない感嘆の声を漏らす。

「あっ、囮さん！　村が見えてきましたよ！」

「えっ⁉　ど、どこ？」

と、ノアの突然の叫びにより、俺たちの会話は中断した。

道の先へ目を向けると、確かに遠くに建物らしきものの影が見える。

「……ていうか、着くの早くない？」

「予想以上に魔物と会いませんでしたからね。さあ、急ぎましょう！」

前を歩いていたノアが、いつの間にか駆け足になって先に行ってしまう。

「……は、はぁ」

俺はため息混じりの返事をして、ノアを追いかけた。

3

「……村だな」

「はい、村ですよ」

俺たち二人は、第三迷宮都市ドルイへの道のりの中間点にある小さな村に辿り着いた。

活気に満ちていたアバットと比べると随分と物寂しく、田舎村という雰囲気だ。

ところどころに小規模の畑があり、通り沿いに小さな一軒家がまばらな間隔で建っている。

アバット郊外を発ってからおよそ五時間。

予想していた以上に早い到着だ。

事前にノアが考えていた以上に魔物との遭遇が少なかったというのが理由だろう。

あのゴブリントリオと一戦あった以外は、ずっとノアと有意義なお喋りをしたくらいの出来事しかなかった。

本当に魔王のせいで魔物の数が増えているのか？　――って、前もこんな台詞言ったような気がするな。ただ単に運が良かったからなのか、それとも他に原因があるのか……今の俺には考えるだけ無駄である。

「それでは、予定どおりここで少し休憩にしましょう」

「う、うん。そうだな」

しかし休むって、どこで？　と疑問に思わずにいられなかった。

だって、超田舎なんだもん。商店や飲食店らしきものもほとんどない。

こんなに休憩ができそうにないパーキングエリアは初めてだ。

村の入り口にはまだ幼さの残る少年が衛兵として構えている。迷宮都市と同じく魔物だけを警戒しているようで、俺たちはすんなり村に入れた。

そして入村してみると、ますます田舎である。建物は木造で全体的に茶色い景色、畑からもんもんと漂ってくる土臭い空気。

出店に並ぶ商品の種類もかなり少なく、交易は盛んではないようだ。

道行くのは、くたびれた衣服に身を包んだ素朴な人々。貧乏くさい、って印象だな。

これだけボロクソに言っておいてなんだが、俺はこの雰囲気があまり嫌いではない。

疲れた体を癒やすには物足りないが、人で溢れかえった都市とは違ったこの静かな空間は俺好みだ。とても気持ちが安らぐ。

静かなのっていいよね。たとえば図書室とか。

「ご飯でも食べましょうか。出店もあることですし」

村を一回りして、中心部にある円形の広場近くまで来ると、ノアがそう切り出した。

「あぁ～、そういえばお腹が……うん、分かった」

「それでは囮さんは、ここで待っていてください。私買ってきますから」

「えっ？　う、うん」

あれ？　なんか妙に優しい？　いやいや、気のせいだ。

昨日みたいに、腹を空かせた俺が気持ち悪い顔で迫ってくるのが嫌なだけだろう。

ノアは一番近くの出店（なんか犬用ジャーキーみたいなのが売ってる店）に駆け出していった。

あれ食えるのかなぁ？　なんてちょっと心配になるが、俺はお言葉に甘えて広場の中心にある石造りの井戸の脇に腰を下ろした。

特に何もやることがないので、ボーッと空を見上げてノアを待つ。

まだ太陽がてっぺん辺りにあるので、これはお昼ご飯ということになるんだろうか。

今の俺には正確な時間を知る術がない。

どうやらこの世界でも、時間の進みや表し方は俺の元いた世界とまったく同じようなので、俺にも理解しやすくて大変助かる。だが、いわゆる時計のような時間を示す道具は高級品で、気軽に手に入れられる物ではないらしい。

ノアは丸っこい変な道具を持っていたが、あれもう一個持ってないかな？　できることなら貸してくれると助かるんだけど。

などと思いつつ、俺は視線を買い出しに行ったノアの方に向けた。

「んっ？　何やってんだ、あいつ？」

彼女は目的のお店に辿り着いたのは良いが、店先でなんだか手間取っている様子だった。

お買い物は一向に進んでいないらしい。

ここからではどんな話をしているかまでは分からないので、近づいてみることにした。

すると……

「(あ、あの、これを二つと、あとこれも……)」

「あっ？　なんだってお嬢ちゃん？」

「えっ⁉　い、いや、その……」

お店のおじさんに何度も聞き返され、要領の悪い会話を繰り広げている。

最早、よく分からんコント状態。ホント、何やってんのあの子？

「(こ、これを二つ……)」

「もうちょい大きな声で話してくれんか!? 聞こえんわい」

「……え～と……そのぉ…… (ごめんなさい)」

ぼそぼそと何事か話すノア。

まだ人とのコミュニケーションが上手くできない、幼稚園児の女の子みたいだ。

その光景は、俺が初めてあいつと会った時のことを思い出させる。

ていうかあいつ……緊張してるのか?

もしかして、俺を上回る極度の人見知り?

あのおバカさん。ならなんで自分から買い出し行くなんて言ったんだよ。

俺は半分呆れつつも、会話に割って入って助け船を出す。

「えっと……おじさん。これ二つください」

ノアほどではないが少し緊張が声に出てしまう。

「お、おう。はいよ、兄ちゃん」

「えっ?」

俺がノアの背後から注文を出すと、彼女は驚いて固まってしまった。

そしておじさんから差し出された犬用……じゃなくて、干し肉を二つ受け取る。

「お代は二十リールな」

「えっ、二十……りーる?」

聞いたことのない単語に一瞬戸惑ったが、すぐにそれがこの世界の通貨単位――つまりお金だということに気づいて、横で固まるノアを肘で小突く。

「あの、すみませんが、俺お金持ってないんで。その……よろしくお願いします」

超かっこ悪いので、思わず小声になってしまう。

「……えっ!?　……は、はい……」

すると呆然としていたノアは硬直から立ち直り、すぐさま懐に手を突っ込んだ。

そこから二枚のコインを取り出して、おじさんに渡す。

「はい、丁度ね。まいどあり」

干し肉を受け取った俺たちは、そそくさと店から退散する。

そして先ほどまで俺が腰掛けていた広場の中心にある井戸まで戻り、今度は二人して座った。

少し距離を開けて座ったノアは、お代を払った時からずっと口を閉ざしており、微妙に気まずい空気が流れる。

もしかして、怒ってらっしゃる？　ちゃっかり奢らせた俺に対して、怒り心頭？

と思った俺は、冗談めかした口調でノアに声を掛けた。

「いや、ごめんな。干し肉のお代出させちゃって。実は俺、お金持ってなくてさ。今度返すから、絶対」

「……」

ノアは俺の台詞に対しても反応しない。

もしかしてシカト？　と思った俺は、顔を向けてノアの様子を窺う。

ノアは干し肉を両手で握ったまま俯き、どんよりと暗い雰囲気を醸し出していた。物思いに沈んでいて、俺の言葉に気がついていないらしい。

彼女が今どんな表情か見えないが、この様子じゃあ穏やかな顔ではないだろう。

奢らされたのがそんなに不満なのか？　とも一瞬考えるが、俺はその予想をすぐ否定する。

お代のことを根に持っているなら、こいつはたぶんプンスカ怒って俺に当たってくるはずだ。

これはきっと……自己嫌悪。

おそらく、お店のおじさんとのやり取りのせいだ。

ぼそぼそと小声で喋っていたノア。そのせいでお店のおじさんに上手く注文が伝わらなかったのを気にして、落ち込んでいるのかもしれない。

そう考えた俺は、極力当たり障りのない声で、囁くように聞いてみた。

「人と話すの、苦手なのか？」

するとノアはピクッと肩を揺らし、それから小さく頷いた。

「……は……はい……」

ノアは顔を俯かせたまま、心底落ち込んだような声を漏らす。

「ならなんで無理して、買い物に行くって申し出たりしたんだ？」

「そ、それは……」

ノアは顔を上げて、何かしら言い淀むが、すぐに誤魔化すようにぷいっとそっぽを向いてしまった。

「い、いいじゃないですか、別に。一人でいけるかなって思ったんですよ」

「……どうして？」

「そ、それは……そのぉ……」

俺の問いかけに、ノアはまたも言葉を詰まらせる。

そして悲しげな表情をして黙り込んでしまった。

人と話すのが苦手。それは俺にもよく分かる。

相手が見知らぬ人なら尚更だ。

人見知りは、そもそも生まれつきの人もいるだろうし、過去に何かきっかけがあってそうなってしまった場合もある。

根拠はないが、大体の人見知りさんが前者だと思う。

まあ、俺もそうだからな。

中途半端なオタクの俺は、高校で自分の居場所が見つけられずにぼっちになっていた。

なら、それ以前はどうだったか。小学校、中学校の時はちゃんと友達がいたのか？

いいや、そんなのまったくいなかった。高校生の今と同じだ。

だから学校に同じ種類の人がいない……なんてのは、友達がいない自分への言い訳だ。

そもそも人と関わるのが苦手だった俺は、小学校や中学校でもぼっちだった。

学校では授業で指された時を除けば、朝の会の「おはようございます」と、帰りの会の「さようなら」しか口にしなかった。

友達がいないどころか、クラスメイトとすら全然喋れなかった。俺がぼっちになった理由の一つとして、その生まれつきのコミュ障も関係している。

ほかに性格とか顔とか色々あるだろうけど。

だから彼女にも、何かしら人と話すのが苦手な理由があるんだ。

そして、一人になってしまった理由が。

あまり言いたくないなら、無理に聞き出すこともないな。

そう思った俺は、とりあえず別の話題を振って空気を変えようとした。

しかし、口を開こうとしたその時、不意にポツリと一言、ノアの声が静けさを破った。

「臆病なんですよ、私」

見ると、ノアは顔を僅かに上げてじっと前を見つめていた。

その様子は、やはり悲しげに見える。

俺はそのまま次の言葉を待つことにした。

「今この人に話しかけたら迷惑なんじゃないかな、とか、私の言葉で気を悪くするんじゃないかな、なんて考えが私の頭の隅にいつもあって……上手く人と話せないんです」

まるで、過去の出来事を思い出すかのように淡々と語られる言葉。

なぜノアが今、俺に自分の話を始めたのかは分からない。おじさんとのやり取りの恥ずかしさを紛（まぎ）らわすためなのか、それとも単なる気まぐれなのか。

その辺はさっぱりだが、彼女の言葉にはかなり共感できる部分がある。

少し言葉を間違えたらこの人に嫌われてしまうんじゃないか？　あまりしつこく話しかけても、ウザがられてしまうんじゃないか？

人と会話する時はいつもそんな不安に駆られる。

相手の気持ちを考えるからこそ、相手と接触できない。

まさに本末転倒だが、その気持ちは人と関わるのが下手くそな俺にとっても馴染み深い。

他人に対して極端に臆病なせいで、人と話す時はぼそぼそ声になってしまう。だから会話も上手く成立しない。それがまた彼女を追い込むという連鎖を生んでいるんだろう。

でもあれ？　俺はどうなのよ？

ノアは俺と話す時、普通に声を出せているし、むしろプンスカ怒って感情を露わにしているよな？

そんな俺の思考を読み取ったかのように、ノアは言った。

「お、囮さんは別です。遠慮なんかしません」

「ははは ぁ……そうですか……」

なんでだよ。俺にも少しくらい遠慮してくれよ。

そんなやり取りのお蔭か、ノアは少し気持ちが和らいできたようで、声や顔にいつもの調子が戻りつつあった。

「こんな臆病な性格だから、私、友達が一人もいないんですよ」

「……一人も……か……」

「……はい」

躊躇(ためら)うようにすこし間があったが、ノアは確かな頷きを返した。

もしここで、「俺が友達になってやるよ」なんて言えたらかっこいいんだろうけど、今の俺にはちょっと無理。

もし言えたとしても、こいつは友達になってくれそうにないしな。

なんてったって俺は囮だし。


しばらく無言の時間が流れる。

友達が一人もいない感覚。

学校に入学したばかりで、周りがすべて知らない人ばかりの時。

移動教室でたまたま自分の友達、もしくは知り合いが一人もいなかった時。

いつも話してる相手が偶然学校を休んでしまって、一言も言葉を発することがなかった一日。

誰でも一度はこういった、友達が一人もいない感覚を味わったことがあるんじゃないか。

それが毎日続いているのが、俺らぼっちなんだ。

そこまで考えたところで、なんだか俺まで少し気持ちが沈んできてしまう。

クラスでの出来事と、クラスの連中のことを、微(かす)かに思い出してしまったのだ。

無意識に顔を下に向けた俺の耳にノアの声が届く。

「友達を作るのって、難しいことですよね」

困ったような笑みを浮かべ、ノアがそう言った。

その言葉が再び俺の顔を前に向かせてくれた。

そして俺は息を呑んで、隣に座るノアを見つめる。

友達を作るのは難しい——それは、俺だけが感じているものだとばかり考えていた。

他の人は黙っていても友達が寄り集まってくるものだと思っていた。

だけど、それは違うのかもしれない。

皆何かしらの努力をして、その過程で友達ができているんだ。

確実に辛いと分かっている部活動を始めて、部活内で友達を作る者。

自分をよく見せようと美容に気を遣って、かっこいい、または可愛い友達のコミュニティに属することができた者。

そういった努力の末に友達ができているのなら、友達作りが簡単な人なんて、やっぱりいるはずがないんだ。

困り顔で笑みを浮かべるノア。

気づけば俺は、そんなノアのことをずっと見つめていた。

そして急に気恥ずかしくなって顔を逸らす。

すると、俺の行動をおかしく思ったのか、ノアがからかうように口を開いた。

「囮さんも、一人ぼっちなんですよね」

その声に先ほどの悲しげな様子は、微塵（みじん）も感じられなかった。

「うん、そうだよ。俺にとっても、友達作りは難しいんだ。めちゃくちゃな」

「……そうですか」

ニコッと笑顔を見せるノア。

俺はまたノアの顔を見つめてしまいそうになり、誤魔化すようにして、手にした干し肉を雑に頬張った。

「ふがっ……ふぐっ……かったいなぁ、これ……」

「ふふっ。……歯が弱いんですよ、囮さんは」

いや、これは歯じゃなくて顎の力だと思うけどなぁ。

なんて思いつつ、ようやく干し肉の一片を噛み千切ることに成功した。

うわっ、なんだこれ。全然美味くねえ。

異世界グルメって、もっと食欲をそそられる美味（びみ）な物なんじゃないの？

味付けされてない安物の鶏肉みたいな味。これは不味（まず）い。

俺が干し肉の味にぶーたれていると、不意に隣から声が掛かった。

「あの、一つ聞いてもいいですか？」

「んっ……何？」

「なぜ囮さんは、仲間が一人もいないんですか？」

「えっ？」

唐突な質問で、俺は声を漏らして固まってしまう。

ノアは真面目な様子で続けた。

「田舎の方から来たって言ってましたが、一人で出てきたんですか？　どうして田舎を飛び出したりなんかしたんですか？」

「そ、それは……そのぉ……」

「私は一人ぼっちの理由、ちゃんと教えたじゃないですか。囮さんのことも教えてくださいよ」

ん～……一人ぼっちの理由は、俺から聞いたわけじゃないのになぁ。

彼女なりに心を開いたつもりなのかもしれないが、その問いは即座に返答しかねるものだった。

「えっとぉ……」

ノアは本当のことを……一人ぼっちの理由をちゃんと教えてくれた。ならば俺も正直に告げた方がいいのだろうか？

うっ、いや、ダメだ。やっぱりダメだ。

勇者のことを俺の口から言うなんて、なんか悔しいし恥ずかしい。今や勇者でもない俺が「実は勇者だったんだよ」なんて、言えるはずがない。

何よりぼっちになった経緯とか、屈辱(くつじょく)過ぎて話せない。

よし、誤魔化しちゃおう。

俺はニカッとイタズラな笑みを浮かべて、隣で首を傾げているノアに言った。

「俺の性格が悪いせいだよ。……誰かさんと一緒でな」

「えっ？　それってどういう意味ですか!?」

プンスカ状態に戻ったノア。

そして俺は井戸の脇から勢いよく立ち上がると、そのまま足を村の出口の方に向けた。

「さあ、食いながら行こうぜ！」

「ちょ、ちょっと待ってくださいよぉー！　ちゃんと説明してくださーい！」

ブーブー言ってるノアを尻目に、俺は村の出口まで駆けていった。

いつか真実を話せる時が来たら、包み隠さず話そう。

勇者召喚のこと。そして、俺がぼっちになった本当の理由を。

自分のことを正直に話してくれたノアにたら、教えてもかまわないよな。

ま、その時がきたら、だな。

4

俺たちぼっちコンビは、第三迷宮都市ドルイへの移動を再開した。

昨日村を出て、次の街に辿り着く前に夜を迎えた俺たちは、再び野宿をすることにした。

しかし、初日と違って二日目はきつかった。

固い地面の寝心地が悪すぎるのはまだいい。人里からだいぶ離れたこともあって、魔物の夜襲を警戒してノアと交代で寝ていたのだが、本当に魔物が夜襲を仕掛けてきたのが一番辛かった。

穏やかだった昨日までの道のりに比べて、二日目からは魔物の数が急増した。

毎度お馴染みのゴブリンさん達や、木の表面に目や鼻と思しき窪みができた、自立歩行する木の魔物——コープトレントなどが、俺たちを襲ってきたのだ。

最初は驚いた俺だったが、回復魔法の効果反転で応戦し、なんとか撃退に成功した。

だが、その後も度々魔物の夜襲は続き、結局俺はほとんど眠れなかった。

ノアに協力させるのも手だったが、戦闘音が響く中でスヤスヤと寝息を立てて熟睡している可愛い寝顔の少女を無理やり起こすなんて、俺にはできなかった。

何より、ノアは俺が寝ている時に助けを求めないのに、逆に自分が女の子に助けを求めるなんて、恥ずかしくて嫌だった。

そして激闘の夜が明け、眩しい朝日が俺の目を灼いた瞬間、なぜだか猛烈に感動した。

暗闇の恐怖が消え去ったこと、生き延びたこと、また朝を迎えられたこと。なぜだかとても気分がよかった。

それから俺は、隣で寝ぼけ眼を擦っているノアに声を掛けて「夜中は大変だったね」と共感を求めた。

しかし、返ってきたのは恐ろしい返事だった。

意味不明なことに、ノアが見張っている間は全然魔物が来なかったらしく、とても静かな夜だったとか。

確かに俺が寝ている時は、やけに静かだったなぁ、と思い返してみるが……そういうことだったのか？　おいおい、なんでだよ。理不尽すぎるだろ。

まあ、魔物と戦うのは怖くて大変だったが、レベルが上がる感覚は実に痛快だったので、それで良しとしておこう。

お蔭で今や俺のレベルは……

【名前】ツエモト　ユウト
【レベル】9
【HP】54／54　【MP】26／26
【筋力】19　【耐久】12　【敏捷】23　【魔力】30
スキル：回復魔法［ヒール］

一晩のうちに5も上がったのだ。

自慢がてらノアにレベルについて聞いてみたところ、俺くらいの歳の男子は15レベルくらいないとおかしいと笑われてしまった。くそー、今に見てろよ。

ノアの教えてくれた情報によれば、レベルは魔物を倒すことで上がり、戦闘内容によってステータス上昇値が変わるらしい。

剣をぶんぶん振って戦ったなら、レベルアップで筋力値がぐーんと伸び、相手からの攻撃を真正面から受けまくって勝利した場合は、ＨＰと耐久が上がりやすくなるのだとか。

そして俺は、攻撃を掠らせながら避けまくり、回復魔法で治療と攻撃を行なっていたお陰で、HPとMP、それから敏捷と魔力を中心に伸ばすことができた。

ちなみに、知られている範囲で今までに達した最高レベルは２００ちょっと。若い頃からひたすら魔物と戦い続けて九十歳手前で２００レベルに達したおじいちゃんの話は、ここら辺では結構有名らしい。

今はもう亡くなってしまって会うことはできないそうな。

ＲＰＧ好きの俺としては、そのおじいちゃんを超えて２５０レベルくらいまで行きたい気持ちである。

まあそうなると、俺はヨボヨボのジジイになるまでこの世界にいることになるんだけど。

そもそも、勇者としての使命を放棄しておいて、元の世界に帰らせてくれるのか？

ま、いいか。自分でも本当に帰りたいのか分からない。もし帰れなかったら、この世界で冒険者として生きていくつもりだし。

＊＊＊＊＊＊

『ゴブリン相手に時間かけ過ぎなんです』

初めて俺の戦いっぷりを見たノアが、戦闘直後の俺に放った言葉だ。

俺はてっきり、その台詞は嫌みとして吐かれたものだとばかり考えていた。

だけどそれは間違っていた。

本当は俺の戦いを見て呆れ果てた、彼女の本心からの一言だったんだ。

「コールドランス！」

ノアが、いつもの幼さ溢れる声音ではなく、少しドスの利いた声を草原に響かせた。

すると、彼女の持つ青色の大きな杖から、透き通った氷の杭（くい）が飛び出し、前方の敵目掛けて飛んでいく。

『グギャアァ!!』

数にして六本の氷の杭は、前方で構えていた緑色の小人、ゴブリンに見事に命中した。

ゴブリンの数も……総勢六匹。

そいつらは脳天ど真ん中に風穴を開け、血飛沫（ちしぶき）を撒き散らし、皆して光の粒に姿を変えていった。

「う、うおぉ……」

氷が飛び、鮮血が舞い、光が煌（きら）めく、幻想的で少し残酷な光景を目の当たりにした俺は、顔をしかめつつも感嘆とも絶句とも取れない声を漏らすことしかできなかった。

「う～ん、魔物の数が増えてきましたぁ……」

俺が体を張ってやっとのことで勝利したゴブリンたちを瞬時に一掃したノアは、まだまだ余裕がありそうな調子で呟いた。

そんなに強いなら、もっと前から俺の代わりに戦ってくれればよかったのに！　という文句はあったものの、俺はそれを上回る興奮から、率直な感想を口にしてしまった。

「す、すごいな……ノア」

「えっ⁉　な、なんですか、急に⁉」

俺の言葉を聞いたノアは、驚き半分照れ半分の表情でこちらを見た。

「いや、本当にすごいよノア。俺があんなに苦戦した魔物を……それにその氷の魔法……めちゃくちゃかっこいい」

「えっ……か、かっこいい？　この魔法がですか？」

「うん」

「そ、そうですか……。かっこいい……ですか……へぇ～」

言葉尻は素っ気なく返したが、ノアはちゃっかり嬉しそうに頬を緩めている。

少々大袈裟かもしれないが、俺は本心から感心していた。

俺が相当苦労して倒したゴブリンを、ノアは汗一滴掻かず、杖を一振りしただけで六匹も瞬殺してしまった。

生き物の大量の血を見たのは初めてで、少し引いたというか気持ち悪くなってしまったが、その感情を押しのけて、ノアはすごい魔法使いなんだと実感した。

俺はまだ、この少女について知らないことが多いのかもしれない。ノアの戦いっぷりを初めて見た俺はそう思った。

ゴブリン六匹との戦闘を終えた俺たちは、再び第三迷宮都市に向けて歩き出していた。

「私の氷属性魔法がすごいって、本気で言ってるんですか？」

唐突に隣を歩くノアがこちらを見ずに問うてきた。

その表情は、残念ながら窺えない。

その問いかけの意味を測りかねた俺は、少し間を置いてから正直に答えた。

「……うん、もちろん」

そしてノアは、俺が本心から言ったのか確かめるように、またも問い返してくる。

「……こんな力なのに？」

「う、うん」

「……氷の魔法なのに？」

「だから、さっきからすごいって言ってるだろ」

何、自慢してるの？

ようやく俺の返事が本音だと信じたのか、ふふっと笑いながらノアはこちらを向いた。

それは今まで見たことのない可愛らしい笑みだった。

「囮さんって、やっぱりおかしな人ですね。そんなこと言う人、初めて見ましたよ」

「えっ？　そうなの？　かっこいいと思うんだけどなぁ……」

もしかして異世界の価値観ってちょっと違うの？

綺麗だし、強いし、冷たいし。中二全開で最高だろ、氷魔法。

昨夜ノアから聞いた話だが、この世界の魔法は先天的に使える属性魔法と、後天的に学んで覚え

る知識魔法があるらしい。

属性魔法の属性は生まれつき決まっており、使えるのは一人に一つだけ。

属性は、火、水、風、土、光、闇、無の全部で七種類。

このうち火、水、風、土は人族が使える属性で、光、闇、無は魔族が使える属性らしい。

ちなみに、俺が戦ったゴブリンやコープトレントは無属性。ほとんどの魔物がこの無属性なんだとか。

ところが、ノアの持つ氷属性魔法は、この中にない。周りの人たちからすれば奇怪で恐ろしいものだったのかもしれない。

ノアが一人ぼっちになってしまったのは、実はこれが原因なんじゃないか。

特別な個性や才能がある者は、周囲から好意を抱かれやすかったり憧れの的になったりするが、一方で、忌み嫌われたり、もしくは妬みの対象になったりもする。

俺とあまり歳が変わらないこの少女は、幼い頃からそういう体験をしてきたのだろう。だとしたら……これからはもうちょっと優しく接してあげようかな。いや、今でも十分優しくしてるつもりなんだけどね。

そして、もう一つが知識魔法。この世界において回復魔法は、後天的に覚える知識魔法という位置付けだ。

これらを修得するためには、魔法の構成や魔力の操作を詳しく学んで、あとはひたすら練習をするらしい。

俺は能力覚醒で覚えたから、そんな過程を経ていないけど。

ノアは回復魔法を使える人が少ないって言ってたけど、結構難しい魔法なのかもしれないな。

それにしても、顔面偏差値と同様頭の偏差値も四十程度の俺が、まさかそんな高度な知識の魔法を使っていたとはね。なんだか少し、頭が良くなった気分。

……って、そういう考えがもうすでにバカ野郎なんだよな。

俺が一から知識魔法を覚えるのは、一生かかっても無理かもしれない。

ちなみに、うちの高校の偏差値は四十一で、県内屈指の大バカ学校です。

「それにしても、よくコープトレントを倒せましたね。ゴブリンならともかく、コープトレントの平均レベルは大体14とかじゃなかったですか？　囮さんのレベルってそんなに高くないですよね」

隣を歩くノアが、思い出すようにして言う。

これは感心してるのか、馬鹿にしてるのかどっちなんだ。俺は、ノアの質問に対する答えを、自信ないながらも告げた。

「う～ん、たぶんだけど、この回復魔法のお蔭で相手とのレベル差をあまり気にせず戦えてるんだよ」

「それって、その回復魔法が強力だから倒せた、ってことですか？」

「そうそう」

俺がこくりと頷くと、ノアは怪訝そうな表情で問い返してきた。

「……どうしてですか？　その回復魔法って、ただ単に効果を反転させてダメージを与えるだけですよね。そんなに強そうには見えないんですけど」

「うん、まあ、そうなんだけどさぁ……」

俺は曖昧に反応する。

俺だって最初はそんなに強い魔法——というか、戦闘向きの力だとは全然思っていなかった。

そもそも回復目的で目覚めさせた力なんだから、当たり前なんだけど。

だが、夜中に繰り広げた魔物との死闘を経て、俺はこの回復魔法の利点を見つけることができた。

その説明を始めるには、まず回復魔法のなんたるかを告げておく必要がある。

「ノアは、ヒールの回復値がどうやって決まってるか知ってるか？」

俺の唐突な質問に、ノアは一瞬きょとんと小首を傾げる。

「え～と、確か……ヒールの方が、使用者の魔力値×三倍で、ヒーリングが二倍……だったような？」

「……ヒーリングの方はどうか知らないけど、ヒールはそれで合ってると思うよ」

これは間違っていないはずだ。夜中の戦闘中、俺はヒールの威力について気になったので、調べながら戦っていた。

ノアに聞いてもよかったが、その時ノアは爆睡中だったし。

頭を使うのはそれほど得意ではないので、考え事をしながら戦うのはなかなかきつかった。

だがお蔭でヒールの威力の法則性がなんとか分かった。

それが、ステータス表記にある魔力値のちょうど三倍ということだった。

単に数字を見て思いつきで断定したわけではなく、５レベル、６レベルとレベルが上がる度にちゃんと確認を行なったところ、計算通りの値に上昇していることを確信した。

魔力値の三倍がヒールの回復値、また威力なのだと。

「……で、それがどうしたんですか？」

やはりノアはそれだけでは闇ヒールの強さが分からなかったらしい。

「じゃあさ、ヒールの回復値って、どうすれば変動すると思う？」

俺は少し勿体ぶって、質問を重ねた。

「う～んと……使用者のレベルが上がって魔力値が上昇するか、杖やアクセサリーの効果を使って魔法自体を強化するか……ですかねぇ？」

「うん、そうそう。――って、杖やアクセサリーとかあるのね……」

それは知らなかった。

てか、杖は想像できるけどアクセサリーの効果って何？　めちゃめちゃ気になるんだけど。

俺は脱線しかけた思考を戻すべく、咳ばらいを一つ。

「ゴホン……んじゃ、それ以外は？」

ノアはしばらく唸っていたが、それでも分からなかったようで、ついに爆発した。

「あーもう、なんなんですか！　焦らさないで教えてくださいよ！」

「……ご、ごめんごめん」

俺は両手を掲げて謝罪を示すと、ノアをなだめるようにして話を続けた。

「まあ、ノアの言ったとおり、魔力値が増えるか魔法を強化して、回復魔法の回復値を上昇させられる……んだろうな。なら、回復魔法の回復値が〝減る〟場合っていうのはあるのかな？」

「減る場合……ですか？」

ノアは先ほどの倍の角度で首を傾げると、悔しそうな顔をして返した。

「……そんなの……なくないですか？」

「まあ、そうだよな……」

あぁーよかった。やっぱりないんだ。

もし俺の仮説が外れていたら恥ずかしい思いをするところだったので、俺は心底ほっとする。

正直言って自信なかったから、少し探りを入れてたんだよね。

するとノアが先を促すような視線を俺に向けてきたので、俺は説明を再開した。

「減る場合がないってことは、つまり物理的な攻撃や攻撃魔法と違って、どんな相手に対しても同じ値を回復させられるってわけなんだよ」

ノアは右拳を顎に当てて考えるような姿勢をとったが、一応納得したような返事をした。

「確かに、属性魔法や攻撃魔法の威力は、相手の耐久値や鎧などの防具で軽減されてしまいますが、回復魔法の回復値はどんな相手にも平等で、一定の値回復しますね」

「うん。そうそう」

はぁ～、よかった。なんとか伝わった。

ゲームに出てくる回復魔法は、味方の防御力や特性に関係なく、（乱数的な要素で多少変動するけど）一定の値回復させることができていた。

それは敵に使用した場合も同じ。

ごくまれに、状態異常で回復無効なんてのもあったり、回復魔法が逆にダメージになったりするゲームがあったが、今のところこの世界ではそういう効果を持った魔物や道具には出会っていない。

なら、これで分かってくれるかな？

俺は最後にダメ押しの一発を放った。

「つまりさ、俺の回復魔法の効果反転の力は、相手の防御力や属性に関係なく、常に俺の魔力値の三倍のダメージを敵に与えられるってわけなんだよ……たぶん」

「……は、はぁ……」

俺はドン底の国語能力を駆使して説明してみたが、それに対するノアの反応はどうも鈍い。

まあ、あれだけ勿体付けておいてこの程度の効果じゃあ、冷めるのも無理ないか。

俺自身、そこまで圧倒的な力だと思ってないし。

だが、この回復魔法のお陰で、夜中の戦闘を潜り抜けられたのもまた事実だ。

まだレベルが低い俺にとって、魔物たちのＨＰと耐久値は恐ろしく高いものだった。

コープトレントに至っては、俺より10もレベルが上だったし、初見の相手なので攻撃方法がさっぱり分からず、避けるのもままならなかった。

それでもあの戦いを凌げたのは、クラスの奴らと仲良くするために得た、この回復魔法のお陰なのだ。

「まあ……なんとなくその魔法の強さは分かりました」

とりあえず納得したらしいノアは、なぜか申し訳なさそうに口を開いた。

「でも……これからは私も……ちゃんと戦います」

「へっ？　は、はぁ……どうも……」

んっ？　急にどうしたの？

俺が疑問に思っている間に、ノアはスタスタと俺の前に出て先に行ってしまった。

すると、草原の微風に乗ったノアの声が、不意に耳に届いた。

「（……何も心配することなかったですし）」

「んっ？　今なんて――」

「なんでもありませんよ」

聞き返した俺の声を遮って、ノアは足を速めて先へ先へと進んでしまう。

俺は一瞬立ち止まってしまったが、ふと我に返って慌ててノアの背中を追いかける。


その後も俺たちは度々魔物とエンカウントしては、俺の闇ヒールとノアの氷魔法で一掃していった。たまに、すれ違う馬車を見かけるので、一度ノアに、馬車に乗せてもらおうと提案してみたが、やんわりお断りされてしまった。

過ぎゆく馬車を見送りながら、俺たちはドルイを目指してトボトボと歩き続けた。

＊＊＊＊ノア＊＊＊＊

私は今、知り合って間もない少年とともに、第三迷宮都市ドルイに向かっています。

彼は最初に会った時の印象そのままに、やっぱりおかしな人でした。

ツエモトとかいう名前の響きも変ですし、着ている服も見たことない装いです。

最初は私も、彼が田舎の村で修業を積んだ凄腕の魔法使いか何かだと思っていました。

だって彼は、長らく倒されることがなかったあのダンジョンボスを、いとも簡単に倒してしまったのです。それに、あの時ヒールと唱えた瞬間の彼の目の冷酷さ……それを間近で見せられたら、ただの素人だとは考えないのが普通ですよね。

ところが彼が言った「戦えない」という言葉は謙遜でもなんでもなくて、紛れもない事実だったのです。彼の力は私に及ばないどころか、そこらの少年にも満たないほど頼りないものでした。

戦い方も危なっかしくて、見ているこっちがハラハラしてしまいます。

もちろん、絶対的に弱いということではありません。

身体的な能力こそ低いにしても、彼は不思議な力を有しています。

彼が田舎にいた時に突然発現したという、異質な回復魔法。それは、ボスの防御スキルの仕組みを上手く潜り抜ける性質を持った魔法だったのです。

結局、それがダンジョンボスを一撃で倒せた理由でした。

言ってしまえば、彼がボスを倒せたのは単に能力の相性が良かっただけなんです。

そんな彼に対して、勢い半分で囮役を押しつけてしまったことに気がついて、私は後悔と不安で頭がいっぱいになりました。

もちろん、彼を囮役なんかにしたのは、単に困らせてやろうと思っただけではなくて、私なりに理由はあるんです。

それは、私の魔法を彼に見せたくなかったから。

私の属性を知った彼が、どんな目で私を見るのか……怖かったから。

私が魔法を使う場面を少なくして、なんというか……彼との、距離？　をもうちょっとだけ縮めてから、私が氷魔法の使い手だと打ち明けようと思っていたのです。

ですが、これじゃあ氷魔法を隠すどころじゃありません。

下手をしたら彼が魔物に殺されてしまうかも……。ですので、私も前に出て積極的に戦うことにしました。

いよいよ氷魔法を見せる時が来ました。

私は、これで彼に嫌われてしまうんだなあと、半分諦めていました。

ところが彼はちっとも嫌そうな顔をしていませんでした。

これまで多くの人が恐れ、そして嫌った氷魔法。

むしろベタ褒めされちゃいました。

かっこいいんですって、私の氷魔法が。

……本当におかしな人です。

5

「ヒール！」

俺が敵意を抱いてそう唱えた瞬間、体内を流れる血液が右手に集中するような感覚を覚える。

直後、ぽわんと紫色の光が右手に灯り、俺は立ちはだかる二匹の樹木型モンスターの一方に向かって駆け出していく。

「うおぉぉぉ！」

「ギギギギギ！」

奴は、木を軋ませるかのような鳴き声を上げると、側面から伸びる蔓をまるで鞭のようにして振るった。

自立歩行する樹木の魔物コープトレント。

正面には目や鼻や口と思しき窪みがあり、側面からは右と左に一本ずつ太い蔓が伸びている。

全長は二メートルほどで俺より一回り大きいくらいだが、肝心の体――というか幹の部分は高さに見合わずかなり細いので、大きさによる恐怖は多少和らぐ。

それでも小人のゴブリンと比べれば段違いに大きいので、魔物としての迫力は確かだ。

そもそも、木が自力で歩いてる時点でもう怖いんだが。

どういうわけだか、こいつの両腕と呼ぶべき蔓は左右で長さが違う。右の蔓は短く、左側のは長い。俺が遭遇したすべての個体に共通している特徴だ。

利き手みたいなものなんだろうか。この短い方の右蔓に付け入る隙があるのだ。

「ギギギギ！」

コープトレントは奇声を上げながら右の蔓を後方に引きしぼった。

それを見た俺は、チャンス！と思い、即座に左前に飛び込む。

瞬間、ひゅんっ！という風切り音が俺の頭を掠め、少しだけ背筋がヒヤリとする。

もしこれが長い方の左蔓だった場合、しなやかで不規則な動きをしてこちらをしつこく追ってくる。簡単には避けられなかっただろう。

だが、短い右蔓は不器用で直線的な動きしかしないため、まだ俺でも躱せる。

俺が思いついたコープトレントの攻略方法は次のとおり。

まずは蔓が届くギリギリの範囲を保ちながら様子を見る。

奴が左の蔓で攻撃しようとしてきたら、とりあえず後方に飛び退(すさ)ってやり過ごす。

逆に右蔓の攻撃準備が見えたら、全力で左前へ低空ダイブだ。

この対処方法はゴブリンの時と似ていて、右蔓の攻撃が来ると分かった瞬間とにかく左前、つまり敵の右側面に飛び込めばいい。

もちろん、これが毎度毎度うまくいくわけではなく、タイミングや方向を見誤れば、自分から攻撃に向かって突っ込むことになる。こうなると相当痛い。

幸いにも回避はうまくいき、俺は慣れた動きで右脇腹への手刀を繰り出した。

淡い紫の光を灯す右手が、奴の側面を捉える。

「ギヂヂヂ！」

ヒールの効果反転を食らったコープトレントは、軋むような悲鳴を盛大に上げて痙攣しはじめる。

やがてピタッと体が硬直したかと思うと、次の瞬間には光の粒に姿を変えて爆散した。

俺はその幻想的な光景に圧倒され、軽く後ろによろめいた。

しばしの間を置き、やっと勝利の確信を得た俺は、はぁ～っと長い息を吐く。

昨夜からかなりの数の戦闘を経験したが、やはりまだ緊張感は拭えない。

俺には傷を瞬時に癒やす回復魔法がある。それでも、戦いには常に痛みや死の恐怖が付きまとうのだ。

これまで空想の世界で見てきた戦いが、今や現実のものとなっている。

俺のこの戦い方がいつまでも通用するとは思っていない。現実の戦闘に絶対の攻略法なんかないからな。

でもまあ、今のところは大丈夫だ。

魔物の種類も少ないし、レベルもそんなに離れてない。敵の行動パターンは単調で、何度か戦闘を繰り返せばそれが段々読めてくる。

基本、覚えることや学ぶことが不得意な俺でも、魔物の攻撃パターンや弱点は忘れることなく頭に残っている。だって、痛い思いはしたくないから。

一方で、俺にはこの魔物との戦いをどこかゲームのように感じている部分もある。

生物同士で殺し合っているのに、ゲームのようだというのもなんだか不謹慎な気はするが、こういう魔物との戦闘をサブカルチャーとして楽しむ世界から来たのだから、まあ仕方がない。

危なげなくコープトレントを倒した俺は、周囲を見回す。

辺りは背の高い木々が生い茂った森の中。こんな場所で樹木型の魔物の襲撃を受けると心臓に悪い。

二度目の野宿を終えて移動を再開してからおよそ半日。アバットを出てから一日半ほど歩いていることになる。

予定ではそろそろ目的地に着いてもいい頃合いだが、前半の道のりに比べて魔物との戦闘が格段に増えたため、歩みが遅くなっている。

すでに昼を過ぎているので、どうにか夜までには着きたいという気持ちで懸命に歩いてきたのだが、一向に街らしい影は見えてこない。

少し離れた場所ではノアが大杖を構えて立っていた。

もう一匹いたはずのコープトレントの姿はない。

どうやら同じタイミングで倒し終えたらしい。

「……お疲れ」

俺は、ノアに歩み寄って、労いの言葉を掛けた。

まあ、その台詞を発した俺の方こそ、少しお疲れ気味の声かもしれないが。

「はい。お疲れ様です」

すると彼女は、俺とは正反対に疲労を一切感じさせない様子で応えた。

魔物を倒したタイミングこそ一緒だったが、その戦闘内容は明らかにノアの方が上だろう。

彼女の持つ氷属性の魔法は、俺の回復魔法よりも戦闘向きでとても強力だ。

この世界の基準は分からないが、きっとノアはすごい魔法使いだと俺は思う。

ここまで何度も戦闘を繰り返し、それなりの数の魔物を相手にしてきたが、彼女は疲れの色をまったく見せていないのだから。

むしろ俺より多くの魔物を相手にしていたんじゃないか？

「それにしても、魔物の数が多いですねぇ」

だが、やはりノアも精神的には疲れているようで、うんざりした様子でぼやく。

俺は、その意見に同意してこくりと頷いた。

「……うん、確かになぁ。……俺はそろそろ、ＭＰが切れそうだよ」

「……私の方はまだ大丈夫ですけど、戦闘要員が一人減るとさすがに厳しいですね」

お互い困った表情で向き合う。

ＭＰが切れたとしても体には特に悪い影響は出ない。ただ魔法が一時的に使えなくなるだけだ。

だが、魔法を攻撃手段としている俺たちにとっては死活問題。ＭＰが底を突いてしまえば魔物に対抗する手段がなくなるのだ。

MPを回復させるには、時間経過か睡眠という手がある。まだ他にもあるかもしれないが、現状俺が知っている限りはそれだけ。

「なあ、このままだとMPも心許ないし、馬車を待って乗せてもらった方がいいんじゃ……」

「ダメですよ囮さん、あと少しで着くはずです。それに今さらです」

「……ですよねぇ」

俺の弱気な提案は、またもノアに受け流されてしまった。

まあ、確かに今さらだ。ここまで苦労して歩いてきておいて、残り少しの距離のために金を払うこともないだろう。

それに、干し肉のお代の返済もまだなのだ。文無しの俺としてはむやみに借金を増やすわけにはいかない。

でもなぁ……やっぱりもう疲れたなぁ。

早く着かないかなぁ、迷宮都市。

すると、そんな俺の声が神様に届いたわけでもあるまいが、視界を遮る木々を縫うように、風に乗って人々の喧噪が聞こえてくる。

先ほどまでは魔物との戦闘で騒がしかったので、静かになった今になってようやくこの音に気がついたのだ。

がやがやという擬音が似つかわしいその音を聞いたノアは、先刻の困り顔とは打って変わって、きらきらとした笑顔を輝かせた。

「……つ……着きました……着きましたよ囮さん！」

「いや……まだ影も形も見えてないんだけど……」

「でもこれは確実に近い証拠です！　ドルイはもうすぐそこですよ！」

「……そ、そうですか」

騒ぎたくなるノアの気持ちには同感だが、俺にはそこまで元気がない。

テンションの上がったノアはいよいよ駆け出し、俺はその後をトボトボとついていくのだった。

＊＊＊＊＊＊

ついに俺とノアは第三迷宮都市ドルイに辿り着いた。

「……ほ、ホントに着いちゃったな……」

「だから言ったじゃないですか。すぐ近くですよって」

なぜかノアは胸を反らして少し得意げな様子である。

眼前に広がる街並みは、第八迷宮都市アバットとほとんど同じようなもので、石造りの大きな都市だ。

全体的にアバットよりも建物が一回り大きく、この街の方が栄えている印象を受ける。

「えっと……これからどうする？」

俺は街並みを見回しながら、隣で自信満々ポーズを取ったままでいるノアに聞いてみた。

「えっ？　それは、まあ……」

我に返ったノアは咄嗟に返事をするが、何も考えていなかったらしく、そこで言葉を切った。

俺たちは都市に辿り着くことばかり考えていて、着いてからの行動予定をまったく決めていなかった。

もちろん、地下迷宮攻略が大目的だが、辛い旅路をようやく終わらせたばかりの俺たちに、いきなり地下迷宮に潜る気力は残っていない。

ノアはぐるりと街を見回して、これからどう動くかを検討し始めた。

そして、露店が立ち並ぶメインストリートと思しき大通りに目を留めて、ノアは一人頷きながら呟いた。

「まずは……お買い物ですかね」

「えっ？」

俺はその提案を聞いて、反射的に疑問符を浮かべてしまった。

「あの～ノアさん……ちゃんとお買い物……できるんですか？」

「っ！　な、何言ってんですか！　ちゃんとできますよ！」

俺の突っ込みが恥ずかしかったのか、ノアは顔を真っ赤にして反論した。

だがそれでも、あのコミュ力を見てしまっている俺は、どうしても疑問を振り払えなかった。

「……ホントに？」

「だ、大丈夫ですよ！　アバットにいた時は、ちゃんと宿屋でお部屋を借りられましたし、地下迷宮の申し込みだってできました。お料理屋さんで注文だって……」

「そ、そですか……」

ノアがそこまで言うなら、と俺はとりあえず納得しておく。

まあ、アバットでノアの対応をした店員さんの戸惑う姿が目に浮かぶけど。

怒り半分恥ずかしさ半分のノアは、ムキになって一人で先に行ってしまう。俺はそれを追うようにして第三迷宮都市ドルイの街中へと足を踏み入れた。

まあ最悪、俺が店員さんと話せば問題ないだろう。

それよりも、お金大丈夫ですか？　俺が言うのもなんだけど。


「……え～と……買うものはこれで全部？」

「ん～、そうですねぇ……とりあえずそのくらいにしておきます」

「……は、はぁ」

俺は、手にずっしりと伝わってくる買い物用の布袋の感触を確かめながら、ため息にも似た返事を漏らす。

立ち並ぶ露店と賑わうお客さんたちに少々気圧（けお）されながらも、俺たちはあらかたの買い物を済ませた。

結局、店員さんへの注文はすべて俺がした。

一軒目の八百屋さんみたいなところで早くもノアはノックアウト。すかさず俺が助けに入って代わりに注文をし、そのまま流れで他の店でも俺が注文係になったというわけだ。

　まあ、俺の分の食費も出してもらってるんだし、これくらいはやらないと罪悪感で押しつぶされそうだったので、なんか逆に気が楽になる。

　お金は絶対に、絶対に後で返しますから。

　かく言う俺もこういう応対はあんまり得意ではないので、魔物との戦闘ばりに緊張した。

　コミュ値というステータスがあったら、たぶん経験値が入ってぐんぐん伸びていたに違いない。

　まあ、初っ端からドン底なんだろうけど。

　ちなみにノアが買ったものは、少量の食料、飲料、そしてビー玉ほどの大きさの茶色い木の実がたくさん。

　これ、何に使うんだ？

「それでは、お買い物も済んだことですし、次は――」

　と、そこでノアは言葉を切った。

　気になってノアを窺うと、露店の並びの端にあるお店に目を留めて固まっていた。

　店先に並ぶ品揃えを見ると、どうやら武器屋のようだ。

　そういえば俺もアバットで武器屋を冷やかしたっけ。しかし、ノアはなぜそんなところを見ているんだろう？

　するとノアは少し表情を崩して俺を手招きした。

「……囮さん、ちょっと来てください」

「はぁ、何か用でしょうか」

　俺はとりあえず了解し、ノアと連れ立って武器防具屋に向かった。

　大通りの人ごみをちょいと潜り抜けて辿り着いたそこは、俺がアバットで立ち寄ったお店よりも随分と貧相な武器屋さんだった。

「んっ？　あぁ、お客さん？」

　その店の主人と思しき人物は、まるでお客が来ることを想定していなかったような姿勢で構えていて、気怠そうに俺たちを迎えた。

　ノアが店主の問いに答えられるはずもなく、俺が対応することになる。

「は、はい。そうです……けど……」

「……ご用件は？」

　店主のおじさんはジトーっとした目つきで、早く選ぶように圧力をかけてくる。

　俺は思わず口ごもってしまう。

「……えっと……そのぉ……」

　店主の接客態度に激しくツッコミを入れたい気持ちを抑えながら、隣で黙り込んでいるノアを肘で小突き、小声で尋ねる。

「……ここになんの用があるんだ？」

　するとノアは、ちょいちょいと指で示して後ろを向くようにと伝えてきた。仕方なしに俺は武器屋に背を向ける。

そしてお互い武器屋に背を向けた状態で、ノアは消え入りそうな声で告げてきた。

「……囮さんの武器、買ってあげます」

「……えっ？」

言われた言葉の意味を理解できず、俺はしばし固まる。

「だから、ここで囮さんの好きな物を、何か一つ買ってあげるって言ってるんです」

「……それは……えっと……なぜに？」

ノアが突然見せた優しさに一抹の気味悪さを感じた俺は、若干冷や汗を掻きながら聞き返した。

するとノアは、ぷいっとそっぽを向いて、ぎりぎり聞こえるか聞こえないかという声量でぼそっと漏らした。

「……お礼です」

「えっ？　お礼？」

「……はい」

それを聞いて俺は、はてなと首を傾げる。

「お礼されるようなこと、何かしましたっけ？」

「……さあ……どうでしょうね」

顔が見えないので表情は窺い知れないが、返事はかなり素っ気ない。

俺は出来損ないの頭をフル回転させて、過去にノアからお礼をされるような出来事がなかったか遡ってみた。だが、いまいちピンとこない。

店では俺が注文をしているが、お金出しているのはノアなのでおあいこ、いやむしろノアにアドバンテージがある気がするし、その他諸々は全部イーブンな気が……

「ん～、分からんなぁ……お礼されるようなこと、俺したっけなぁ……」

煮え切らない気持ちが思わずぽつりと口をついて出てしまった。

するとノアは少し苛立った様子で言い放つ。

「いいじゃないですか！　私は嬉しいって思ったんですから、それで……」

「えっ？　嬉しい？」

「へっ？　あっ」

ノアは、しまった！　というような顔をする。

たちまち顔を真っ赤にして、手をわなわな動かしながら、何やら言い訳らしきことをぶつぶつ呟くノア。だが、その声は不明瞭で俺には聞き取れない。

「いや……その……だから……（あんなこと言ってくれる人初めてでしたし）」

「んっ？」

どうしたんだ？　なんだか様子がおかしいな。

ノアさん、ぼそぼそ声が戻ってきてますよー、と注意を促したい気持ちをどうにか抑え、ノアが続きを話すのを待つことにした。

するとこのやり取りがバカらしくなったのか、ノアは赤面した顔をこちらに向けて投げやりな発言をする。

「……って、囮さんこそなんなんですか⁉　ひょっとして欲しくないんですか⁉　早くしないと気が変わっちゃいますよ！」

「は、はい、ごめんなさい！」

俺は急いで武器屋に向き直り、商品を見ていった。

まあ理由はよく分からないが、お礼と言うなら少しだけ甘えさせていただきましょう。

武器とかすごくほしいし。

どうやらこの店は、アバットで俺が寄った品揃え豊富な武器屋とは違い、扱っている商品にかなりの偏りがあるらしい。

剣や鎧は多少置いてあるものの、これらは手入れが行き届いておらず、少し埃（ほこり）を被ってるものも多い。

だが、それに比べて杖やアクセサリーなどの品には力を入れているようで、種類も豊富だ。これがこの店の主力商品なんだろう。

俺が前にノアから話を聞いて、気になっていた物でもある。

「うわぁ……綺麗ですねぇ」

商品棚のキラキラとした品々を前に、思わず感嘆の言葉が出る。

「そうかい……」

店主のおじさんの頬が緩む。俺たちが待たせてしまったことでご機嫌斜めかと思っていたが、どうやらそんなことはなさそうだ。

俺はいまいち杖やアクセサリーの効果が分からなかったので、後ろでまだぷりぷりしているノアにではなく、お店のおじさんに聞いてみた。

「あの、この指輪ってどんな効果があるんですか？」

「んっ？　あぁ、それかい。それは嵌めた奴の魔力が少しだけ上がるんだよ」

「えっ、魔力が上がる⁉　そうなんですか。……じゃ、じゃあこれは？」

「そっちはＭＰの消費を少し抑える効果だ」

「そ、そうなんですか。へぇ～、すごい……」

俺は次々と店の商品の説明を求め続けた。

俺の怒涛(どとう)の質問攻めにも、おじさんは（接客態度は別として）丁寧に答えてくれた。

気づけば俺は、すべての商品の効果を知ってしまった。

全部説明してくれたおじさん、サンキューです。

どうやらこの店にある指輪や首飾りといったアクセサリーは、魔法関連の効果を持つ品のようだ。

だが一般的にその効果は微々たるもので、アクセサリーをじゃらんじゃらんに身に着けたとしてもさほど魔法の力は上がらないらしい。

店主曰く、魔法の力を上げるには、杖が一番なんだとか。

というわけで現在、お店に並べられた数々の杖を吟味中。

それにしても、さっきから俺たち以外の客が全然来てないが、なんで？

立地の悪さ？　それとも主力商品の問題？

「う〜ん、魔法の力を一・五倍にするこの杖もいいし……多重の魔法発動で威力を蓄積させて、一気に放てるこの杖も捨てがたい……あっ、でもこれ四千り、リール？　もするのかぁ……」

ぶつぶつと独り言を漏らしつつ、鮮やかな装飾が施された大きな杖たちを次々と手にとって見ていく。

こうして見比べると、杖の相場は大体千リールくらいのようだ。

ちなみに、剣や鎧も持とうとしてみたが、やっぱり重くて断念した。

なんでだろう。レベルはかなり上がったはずなんだけどなぁ。まあ、筋力値の上昇は鈍足だから、仕方ないか。

「囮さん、まだ決まらないんですか？」

すると、待ちくたびれたノアが後ろから控えめに声を掛けてきた。

まあ、それも仕方があるまい。かれこれ二十分はこうしているのだから。

「ご、ごめん……もうちょっと……」

「……分かりました」

俺が苦笑を浮かべながらお願いすると、ノアは渋々といった感じで了承してくれた。

でもさすがにこれ以上待たせるのはノアにもお店のおじさんにも悪いし、早めに決めないとなぁ。

そして……俺は、一本の杖に目を留めた。

その杖は、杖だと言われなければ、ただのシケた木の枝にしか見えない。

長さは四十センチほどで色は焦げ茶色、他の鮮やかな装飾の大杖に比べて、小さく飾り気もまるでない。

先ほどおじさんに教えてもらった限りでは、この杖はただの媒介のはずだ。

効果が何もなく、ただ杖として魔法を使えるだけの——気休めみたいなもの。

だが俺は、周りのいかにもすごそうな杖たちではなく、その杖に目が留まった。他と比べて弱々しく、周りの鮮やかさに押しつぶされて影も形もなくなりそうな、そんな存在感の薄い杖に。

まるでクラスの中でいない者扱いされる俺に似ている……そんな気がしたのだ。

いいや、違うな。

正直に言うと、俺が目を留めたのはその杖の本体ではなく、持ち手に括りつけられた小さなラベルである。

「俺……これにします」

『えっ⁉』

俺がその杖に指をさすと、ノアとおじさんが同時に驚きの声を漏らした。

そして俺は、その木の枝の切れっ端のような杖を持ち上げ、意味もなく軽く素振りをすると、固まるノアに顔を向けて問いかける。

「えっ、ダメ？」

俺が杖を振った反動で糸で括り付けられたラベルが、くるくる回ってノアに正面を見せた。

そこに書かれてあったのは……

『10』

あの干し肉一個分と同じ、衝撃のプライスだった。

6

買い物を済ませた俺たちは、この街にあるなかでもかなり格安の宿屋に部屋を取った。

古びた木造の建物で、調度品も少なく本当にただ寝るだけの部屋という感じだが、案外造りはしっかりしていて、雨風をしのぐには十分だ。

何より、ふかふかのベッドに、もふもふの布団。

これでごつごつとした地面ともおさらばだぜ。

——と思っていたが、残念ながらそうはならなかった。

経費削減のため、ノアが取った部屋は一つ。無論、格安なのでベッドは一つ。

泊まる人数は俺とノアの二人。

俺は男の子で、ノアは女の子。

俺は紳士的にベッドを譲り、床に寝ることになった。

思えば、この世界に来てからまともな所で寝た記憶がない。

まあ昨日までは草原の真ん中で魔物を警戒しながら寝ていたので、それに比べれば床の固さはあまり気にはならないだろう。

それよりも、女の子と二人で一部屋を借りて泊まるという紛れもない事実。変な緊張感があって、眠りにつくのは困難と思われる。

いや、違うよ？　俺は別に女の子なんて意識してないよ、全然。

そう、部屋に入って髪を下ろしたノアになんて見惚れてない。

うん、全然大丈夫。

それよりも、ノアがまるでこちらを意識していないことの方がびっくりだ。

てっきり、「きゃー出て行ってください！」とか言われると思ってた。

いや、そんなキャラじゃないのかな、あの子。

何はともあれ、部屋を追い出されなくてよかったぁ～。

もしかしたら俺のことを男として見ていないのかもしれないな。

えっ、それはそれでめっちゃ悔しい。

まあ俺に対して遠慮なんかしないみたいなことも言ってたし、こちとら二回も寝顔を見ているんだ。今さらって思ってるのかもしれない。


俺たちは露店で買ったもので簡単な食事を済ませ、代わりばんこに宿屋のシャワーを借りた。

この世界にシャワーがあるとは期待していなかったから、嬉しい誤算である。

久しぶりに浴びるシャワーは格別で、異世界に来てからたまった疲れと汚れを同時に洗い流してくれた。

入浴を終えた俺は、いよいよ緊張感溢れる睡眠タイムかぁ、なんて思って部屋に戻ったが、待っていたノアに頼みごとをされて、すぐに寝床につくことはできなかった。

俺の任務は、露店で買った大量の木の実を粉々に磨り潰す作業だ。

どうやらこの木の実は、潰すといい香りを放つため、粉にして大量の水に溶けば、即席の洗剤として利用できるらしい。

ずっと同じ制服を着ていた俺も、当然ノアのお洗濯に便乗した。桶の中で制服をごしごし擦って、泥やら血やらを洗い落とす。汚れは酷かったがあまり傷んでいないようで安心した。

さて、制服を乾かしている最中、俺には替えの服がない。なので俺は今、宿屋のおばちゃんに借りた布の服を装備中。特徴のない白シャツにごわごわした茶色い生地のベスト。典型的な村人服で、俺もちょっぴり異世界人の仲間入りを果たした気分だ。

それにしても、宿屋に服の貸し出しなんてサービスはないだろうに、嫌な顔ひとつせず服を出してくれたのは意外だった。この親切なおばちゃんなら、きっとこの宿を異世界史上最高の宿屋にできるはずだ。

ちなみにノアは、いつもの青色のインナーシャツの替えを持っていたらしく、俺とお揃いの布服は着ていない。

てか、青好きですねぇ。


洗濯も済んで、今度こそ本当に就寝タイムだ。

「本当にそれでよかったんですか？」

暗い部屋にノアの囁きが響く。

お世辞(せじ)にも広いとは言えないこの空間では、彼女のそんな小さな声でも十分聞き取れた。

「……んっ？　あっ、うん。本当にこれでいいよ」

同じ問いに何度答えたか分からない。

「……そうですか」

言葉と裏腹にノアはあまり納得していない様子で、また黙り込んでしまう。

それに同調するように、俺もそっと口を閉ざした。

寝転がる自分の横に置かれた小さな杖を、軽く手で撫でる。

ノアがお礼と称して買ってくれた、『クルスロッド』という名の杖。

杖として魔法を使えるだけで、特殊な効果は何も付与されていない平凡な品だ。

暗闇の中ではこの杖の焦げ茶色を見分けられず、真っ黒の塊(かたまり)に見えてしまう。

俺は杖から手を放し、ゆっくり瞼(まぶた)を閉じた。

今度こそは……眠りにつくぞ。

しかし――

「お金が残って少し余裕ができたのは助かりましたけど、その杖じゃ、やっぱり頼りなくないですか？」

ベッドで寝ているノアの声が、少し上の方から聞こえてくる。

先ほどから静かになったかと思えば毎分毎分こんな調子で話しかけられて、俺は一向に眠りにつけずにいるのだ。

俺は夜ということもあり、極力静かに返す。

「そんなことないよ。素手でやるのと杖でやるのとじゃかなり違うと思うから、すごく助かる」

「で、ですけど、もう少し高いものでもよかったんじゃ……」

「いいよいいよ。それにこれ、かっこいいだろ？」

これは俺の本心からの台詞である。

この木の枝みたいな杖、シンプルで結構かっこいいと思ってるんだけどなぁ。

まあ確かにノアの言うとおり、もう少しスペックの高い杖でもよかった気はする。

ヒールが強化されれば、同時に闇ヒールのダメージ量も増えるので、戦闘がかなり楽になったはずだ。

明日から本格的に地下迷宮に挑むことを考えたら、なおさら強力な武器の方がよかっただろう。

だけど、俺があの時真っ先に考えたのは……値段。金銭の問題が一番に浮かんだんだ。

ノアの手持ちがどのくらいあるのか知らないが、馬車に乗るのも渋るくらいなんだから、それほど余裕があるとも思えない。

そもそも俺は色々なところでノアにお金を出させてしまっているから、お礼だと言われてもそこまで贅沢(ぜいたく)をする気にはなれなかったのだ。

それに、俺としては杖で魔法が使えるならなんだってよかったというのもある。

実は昨日コープトレントと戦っている時、少し調子に乗って痛い目に遭った。

闇ヒールを宿した右拳でただ触れるだけでいいところを、本気の右ストレートを撃ち込んでみたのだ。その結果、奴の体から飛び出た木のささくれが俺の拳に突き刺さった。

木ってあんなに深く刺さるんですね。

信じられないくらい血が出ましたよ。

めっちゃ痛かった。

もう絶対に調子に乗らないと固く誓ったね。

本当、回復魔法あってよかったぁ。

だから俺は、今後このようなことが起こらないように、素手の代わりに魔法を放ってくれる杖が手に入れば十分だった、というわけだ。毒を持った敵とかいたら嫌だしね。

買ってもらっておいてなんだが、あくまでこれはお試し品。

杖の使い方を試すためと、ちゃんとしたお金が手に入るまでの、とりあえずの武器だと考えてる。

特殊な効果が付いた杖も、ちょっと使ってみたいって思うけど、それは自分でお金を貯めて買えばいい。

むしろ、もしお金を自分で稼げたなら、お返しにノアに超高スペックな杖を送り返してやるくらいの気持ちでいる。

ま、ノアの持ってるあの大きな青色の杖より良いものが買えたらの話だけど。

でもなあ、そんな冷静な感情とは別に、形はどうあれ女の子からもらったプレゼントだという事実に、内心でガッツポーズをしている自分がいる。

きっと、代わりにもっと良い杖がゲットできたとしても、なぜかこのボロ杖を手放せない気がしてならない。モテない男子の悪い癖だな。

まあそれは、ノアには内緒の話。

「……いざという時にそれでは、身を守れないじゃないですか。明日からは地下迷宮攻略を進める予定なのに……」

ノアはベッドに横になったまま、独り言のようにまだ不満を漏らしている。

まあ、ノアの言い分もわかる。

一緒に戦う仲間が自分より極端に戦闘能力の低い奴だったら、それは協力関係というよりもむしろ足手まとい。下手すりゃいない方がマシなくらいだ。

だから少しでも強くなってもらおうと思って、良い武器の一つも持たせたくなったのだろう。

「そもそも、どうして囮さんはお金を持っていないんですか？　まさかお金も持たずに出てきたわけじゃないですよね？　田舎にいるお父さんやお母さんにもらえなかったんですか？」

痛いところをつかれたが、そりゃそうだ。田舎から来たとは言ったものの、一銭もお金を持っていないのは明らかにおかしいと思うだろう。近所にお散歩ってわけじゃないんだからね。

俺はまた曖昧な返事で切り抜けることにした。

だって……ねえ。一日二日じゃ気持ちの整理もつきませんよ。

「……そ、それはまあ、色々あって。なくしちゃったというか、気がついたら無くなってたんだよね。……だ、大丈夫大丈夫、今度絶対返すから」

「はぁ……それはまあ……お気の毒で。気長に待ちますから……返すのは、別に急がなくていいですけど……」

魔物を警戒する必要がない安心安全な空間で落ち着いているせいか、ノアはいつになく饒舌（じょうぜつ）だった。

「値段はあまり気にしなくてよかったんですよ……」

「……」

「囮さんの買いたい物でよかったのに……」

「……」

一緒に魔物と戦ってきたお蔭だろうか、ノアの態度は出会った当初よりかなり柔らかくなっていた。まあ、単なる俺の気のせいかもしれないけど。

でも、この少女のお願いである地下迷宮クリアを果たしてしまえば、それで俺たちの関係は終わり。……なんだよなあ。

ちょっとした態度の変化なんか、今さら気にしても仕方ないか。

それに俺たちは仲間どころか、ただの協力関係ってだけなんだし。

いや、正しくは……囮だったかな。まったく、ひどい扱いだよ。

でもなんだかそれが妙におかしく感じられて、自然と頬が緩む。

他愛もないことを考えながらノアの話につきあっていたが、俺もいい加減眠気が限界だったので、静かに一言告げる。

「……そんなに心配しなくても、足手まといになるような真似は、絶対しないから……」

「……」

そこでノアの文句は途端に切れ、長い沈黙が訪れた。

もしや寝てしまったのか、それとも向こうもいい加減眠りたくて会話を打ち切ったのか、その辺は分からない。

最後に俺はこの静寂を完全なものにするための言葉を、そっと口にした。

「……おやすみ」

＊＊＊＊＊＊

「……クエスト？」

「はい。クエストです」

ノアはなぜか少し得意げになって大きく頷いた。

現在時刻は、午前八時ごろ。すでに太陽は昇ってすっかり明るくなっている。

俺たちは宿を出て、ドルイの目抜き通りを冒険者ギルドに向かって歩いていた。

昨日は大体夜中の一時くらいに眠りについたので、この時間にちゃんと起きているのは奇跡だと俺は思っている。俺は極端に朝に弱いんだよね。

「地下迷宮攻略を進めていくと同時に、クエストもこなしてお金を稼ごうと？」

「はい。囮さんの言うとおりです」

ノアは両手を腰に当てて胸を反らした「えっへん」というポーズ。でもそれ、胸元が強調されて目のやり場に困るので、是非やめていただきたい。

ちなみに、ノアは昨日洗濯した青マントをすでに身に着けている。

何か特殊な素材でできているのか、それとも魔法的な効果があるのか分からないが、乾きがめちゃめちゃ早い。

俺の制服はまだ部屋干し中で、今は宿屋のおばちゃんから借りた布の服を装備しているというのに。

「片手間にできるような都合のいいクエストなんかあるのか？」

「それはまあ……行ってからのお楽しみですよ」

そう言うと、ノアは少し悪戯っぽく笑いながら俺の前をさっさと歩いて行ってしまう。

俺は少し首を捻りながら後を追いかけていく。

不意に青空を見上げてみた。

この世界に来てから三度目の朝だ。

昨日は魔物との死闘の末に浴びた朝日だが、今日は異世界の人々が慌ただしく行き交う雑踏（ざっとう）の中から見上げている。

今の服装なら、この街の光景の一部として完全に溶け込めるだろう。

なんだか本当に異世界の住人になってこの世界で生きている、もしくは生きようとしているような、なんとも不思議な感覚だ。

それにしても、今頃皆はどうしているのだろう？

橘さんのことはもちろんだが、正直言えば実際クラスの連中が今どうしているのかはすごく気になる。

彼らも地下迷宮攻略を進めて、元の世界に帰る努力をしているのか。

それとも、全然別のことをやっているのか、はたまた事件に巻き込まれて色々苦労しているのか。

今の俺にはそれを知る術がない。

まあ、さすがにもう帰ってしまったってことはあるまい。

なぜなら、まだ攻略されていない地下迷宮がこの場に存在しているからだ。

あのお姫様のお願いである地下迷宮クリア、そして魔王退治を終わらせなければ元の世界には帰れないはず。

いくら皆が元の世界に帰りたいと泣きついたとしても、あのお姫様に限っては、気が変わって皆をもう帰しちゃいました、なんて展開はないだろう。

魔王を倒すためにあえて非情に振る舞おうとする確固たる決意を、傍らから眺めていた俺でもしっかり感じ取ることができたのだから。

本当にあのお姫様は、一体何者だったんだろう？

「ほら、何してるんですか囮さ～ん！　早く行きましょうよ～！」

気が付けばいつの間にか、ノアはかなり先に行っており、立ち止まってこちらを振り返っていた。

「えっ？　あっ、ごめんごめん。今行く」

考えごとをしていたらだいぶ離れてしまった。俺は慌ててノアを追いかけていった。

皆のことはここの地下迷宮クリアを果たせたら、また改めて考えよう。

勇者であるあいつらが、この地下迷宮をクリアしに来るなんて展開もあり得るんだし。ここまできて先を越されたらなんか悔しい。

ちんたら考え事してる暇なんてないよな。

それにしても……なんか今日は機嫌良いですね。ノアさん。


朝の通勤ラッシュというわけでもあるまいが、俺たちは仕事や買い出しに向かう人たちの波をかき分けて、ドルイの冒険者ギルドに辿り着いた。

外観はアバットにあったギルドに似た雰囲気だが、全体的に一回り大きな建物に足を踏み入れる。

どこのギルドも設備は一緒なのだろうか、入ってすぐ向かいには大きな酒場があり、その奥に受付のカウンターが並んでいる。

まだ朝も早いのに、酒を呷って盛大に騒いでいる奴らがたくさん見える。

冒険者って、本当自由だなぁ。

そして俺たちは酔っ払い連中の真っ只中（ただなか）を横切って、クエストの受注カウンターまでやってきた。

俺としてはギルドの受付に来るのは二回目だが、実際にクエストを受けるのは今回が初めて。若干わくわくしている。

そして早速手近な受付の人に話しかけようとすると……

「あっ！」

なんとそこには、この世界では数少ない俺の見知った顔があった。

肩の少し下まで伸びた銀髪。今にも眠ってしまいそうな虚ろな目。気力がまったく感じられない顔をしているのに、姿勢だけは受付嬢らしくピシッと構えているその少女店員は……

「……あの……えっと……ミヤさん……でしたっけ？」

「っ？　はぁ～……そうですけど……」

突然の問いかけにも、その少女は変わらぬ無気力な感じで答えてくれた。

この世界の冒険者のこと、そしてクエストのことを俺に丁寧に説明してくれた、ギルド受付嬢のミヤさん。

三日ぶりの再会だ。

「この前は……その……ありがとうございました」

「はぁ～……まあ受付としての仕事をしただけですからぁ……お礼なんて……」

どうやらミヤさんの方でも俺のことを覚えてくれていたようだ。

この人なら一度話しているから、他の受付の人のところに行くよりも少し緊張感は和らぐ。

それにしても……

不意に疑問が頭をよぎり、俺は反射的にミヤさんに問いかけた。

「……って、なんでミヤさんがここにいるんですか？　確かアバットで受付をやっていたはず

じゃ……」

「はぁ～、あそこのギルドは辞職しました」

ミヤさんは表情を変えずに返してきた。

「じ、辞職!?　なんでまた……」

「はぁ～、誰かがあそこの地下迷宮をクリアしたので、途端に客足が悪くなってしまったんですよぉ……まあ、皆他の迷宮都市に移動を始めたんでしょうね」

「……へ、へぇ～……それは……残念でしたねぇ～……」

と、俺はすぅーっとミヤさんから視線を逸らす。

まさか俺があの地下迷宮をクリアしたことで、こんな弊害が出ていたとは。地下迷宮クリアの影響は必ずしも良いことばかりじゃないようだ。

なんか、その、ごめんなさい。

それにしても俺たちの方が早く街を出たはずなのに、ミヤさんがもうここにいるってことは一体どういうわけ？

もしや、俺たちを追い越していったあの馬車に乗っていたのか？

やっぱり、馬車って速いんだなぁ。

どうせなら、このままミヤさんにクエストの受付をしてもらうか。

他の人よりも断然喋りやすいし、この人は見た目の態度と裏腹に仕事熱心で優しいのだ。無知な俺に対しても親切に応対してくれたし。

うむ、この人に頼もう。

そう意気込んだ俺だったが、肝心なことをノアから聞き忘れていた。

どんなクエストを受けるのか確認するために、後ろにいるはずのノアを振り向いた。そこには……

俺の後ろには、青マントについたフードを目深に被って縮こまっている小さな少女がいた。

んっ、何やってんのこの子？　いつの間にフード被ったんだ？　青ずきんちゃん？

俺が視線で問いかけているのには気づいているだろうが、それでも俯き気味の顔を上げようとせず、じっと口を閉ざしている。

先ほどのハイテンションがまるで嘘のように、ノアは急に静かになってしまった。

どうしたの、この子？

あまりミヤさんを待たせるわけにもいかないと思い、俺はその青ずきんちゃんに聞いてみた。

「……あの、ノアさん。俺たちってどんなクエストを受けに来たんですか？」

するとノアは、数秒の間を置いてから僅かに顔を持ち上げて、小さく口を開いた。

「（…………マッピングクエスト……）」

「……はい？」

小さな口から発せられた声は、周りの音に見事にかき消され、俺の耳には届かなかった。

出たよ、例のぼそぼそ声。

はっきり喋りなさい、はっきりと。

「えっと……もう一回お願いしても……」

「(……だ、だから……マッピングクエスト……)」

「……も、もう一回……」

「(……マッピング……)」

「……もしも〜し……ノアさん？」

ノアの反応がちょっと面白かったので、俺は調子に乗って何度も聞き返す。

すると、ついに怒りを爆発させたノアは俺の左耳を思い切り摘(つま)んで自分の口元まで引き寄せた。

そして先ほどのぼそぼそ声とは打って変わって大音量を放った。

「マッピングクエストって言ってるんです!!」

「いたっ！　いたたたたっ！　ご、ごめんなさいノアさん！　実は後半聞こえてましたー！」

「……まったくもぉ」

ノアは俺の耳を解放し、また静かな青ずきんちゃんに戻った。

「あぁ〜、痛かった」

とか言いながら、耳にちょっと息が掛かったことを密かに喜んでいる俺である。

マッピングクエストね、マッピングクエスト。

二回目にはもう聞こえてましたよ。

でもね、こうちんまりしているノアを見るのは久しぶりな気がして、ちょいとからかってみたいなと思ったんですよ。

なんか、その、ごめんなさい。

気を取り直して、俺はノアに聞いたとおりの言葉をミヤさんに伝えた。

「……あの……マッピングクエストを受けたいんですけ……ど」

しかし言っている途中で、俺はマッピングクエストというものが何なのかさっぱり分からないことに気がついた。

「……マッピングクエストの説明……しましょうか？」

俺が言葉を詰まらせたのを見て察したのか、ミヤさんは的確なタイミングで助け船を出してくれた。

え、何この人？　エスパー？

俺は後ろで縮こまっているノアをチラッと見やる。これは教えてくれないな、と諦め、改めてミヤさんに解説をお願いした。

「……お、お願いします……」

「はぁ～、ではマッピングクエストの概要について説明します……。まず……」

ミヤさんの懇切丁寧な説明は僅か五分で終了。

物分かりの悪い俺にまさか五分で理解させるとは、やるなミヤさん。眠そうだけど。

ミヤさんから聞いたマッピングクエストの概要は次のとおり。

まずマッピングクエストとは、地下迷宮の構造を実際に歩いて地図に起こすのが目的なのだそうだ。迷宮を探索して、未踏破の部分を多くマッピングして来るほど、その報酬額が高くなるというものらしい。

とは言っても、いちいち測量したり手書きでメモしたりする手間はない。

クエストで使われるのは『オートマップ』と呼ばれる特殊な地図だ。これは『地図術』というスキルを持った人が作った特殊な紙で、歩けば自動的に周囲の構造を記してくれるものだという。

間違いや不正を防ぐために、表面には何も書き込むことができないようになっており、裏には毎回迷宮の入り口の門番が証明番号を記入するそうだ。

そんな便利な紙にもデメリットはあり、一度使ってしまえば消すことができず、二度は使えない。さらに高位の地図術スキル持ちでも一日に一枚しか作れないため、必然的に高価になってしまうのだ。

そのため、マッピングクエストを受ける際には保証金としてそれなりの額のクエスト受注料を払わなくてはならないのだと、ミヤさんは言った。

金額を確かめると、どうやら現在のノアの持ち合わせでぎりぎりだったようだ。あの時贅沢して高い杖を選ばなくてホントよかった。

ちなみに、マッピングクエストの依頼を出しているのは冒険者のギルド本部らしいです。

「それでは～、こちらがオートマップの交換証です。迷宮の入り口で地図を受け取ってください～」

「あっ、どうも……」

ミヤさんから小さなカードサイズの紙切れを受け取り、俺は小さく頭を下げた。

「毎度毎度、色々なことを質問してしまってすみません」

「いえいえ、これも受付の仕事ですからぁ」

仕事だと言うわりに随分と眠たそうにしているミヤさんがおかしくて、俺はそっと頬を緩めた。

「……それでは、いってきます」

受け取った紙を軽く掲げてミヤさんに一言。家でもあまり言った覚えのない台詞なので少し気恥ずかしいのだが。

「はぁ～……お気をつけて」

ミヤさんの無気力な声に送り出されて、俺はくるりと受付に背中を向けた。

そして、先ほどからじっと黙ったままのノアを引き連れてギルドの外に出る。

時刻はまだ朝と言ってもいい時間帯で、これからどんどん街が活気づいていきそうな気がする。

ミヤさんの話によれば、ドルイの地下迷宮もアバットと同じく街の真ん中にあるらしいので、まずはそこを目指す。

しかし、通りを少し歩いたところで、後ろにいるはずのノアの気配を感じられず、俺は足を止めた。

何してるんだよ、ノアの奴。

後ろを振り向いて確認すると、未だ青マントのフードを目深に被り、ギルドの入り口でじっとしている少女がいた。

顔は俯き気味だが、視線はしっかり俺の方に向いていて、物言いたげというか、構ってほしそうなオーラを放っている。

マジでどしたの？　あの子？

俺は訝しみつつもノアに歩み寄って声を掛けた。

「どうしたんだ？　もしかして、俺が受けたクエスト間違ってた？」

「……いえ」

正常な声量に戻ったノアが、ぼそっと答えた。

悲しいそうとか寂しそうという雰囲気ではなく、なんか少し怒っているようにも見える。

俺は、極力ノアを刺激しないように再度問いかける。

「……なら、どうしたんだ？」

「……」

ノアはじっと黙って俯いたままで返事をしない。残念ながら俺の呼びかけは周囲の喧騒に呑まれて消えるだけだった。

俺は途方に暮れて往来（おうらい）に立ち尽くす。

不意に、ノアは何か決心したかのように顔を上げると、フードの奥からジトーっと何かを訴えるような視線を送ってきた。

俺はその視線に狼狽（うろた）えたものの、ノアの言葉を待つ。

そしてノアは、ジトッとした視線をそのままに、街の喧騒に紛れそうな小さな声で告げてきた。

「友達……いたんですね」

「はっ!? と、友達!?」

と、ともだち? トモダチって、あの友達?

ひとしきり疑問を頭に浮かべ、ようやく思い当たった。

もしかして、ミヤさんと見知ったような口調で話していたから、それをノアは友達と勘違いしてる?

「ち、違うって。ミヤさんは……その……友達とかじゃなくて……た、ただの受付さんだよ。それで俺はお客さんってわけで……」

多少つっかえながらも、俺はなんとかノアに弁解をする。

するとノアは遠い目でどこかを眺めながら、とぼとぼと足を動かし始めた。

ノアがゆっくりと俺の真横を通り過ぎると、街の喧騒に紛れてノアの呟きが耳に入ってきた。

「いますよねぇ～。〝友達いないんでー〟とか謙遜しておいて、実はそこそこ友達がいる人……はは……」

えっ!? どうしたのノアちゃん、毒舌!?

重い足を引きずるようにして、ゆっくりと街の中心部へ向かうノア。

俺はノアのヘコみっぷりに苦笑するしかなかった。

これは後でもう一度誤解を解いておく必要がありそうだな。

同じぼっち仲間だと言いつつ、実は普通に話せる知り合いがいるなんて、あいつにしてみたら裏切られた気持ちになるのも無理はないか。

でも、本当にミヤさんとは友達じゃないんだけどなぁ。

友達じゃ……ないよね？

てか……そもそもどこから友達って言うんだ？

ぼっちすぎて、俺もその辺の基準が分からないや。

などと思考を巡らせつつ、俺は前をトボトボ歩く少女の背中を追って足を速めた。

7

「囮さん！　後ろ、来ます！」

「お、おぅ！」

俺は、すっかりいつもの調子を取り戻したノアの声に反応し、素早く後ろを振り向く。

すると、コープトレントの倍近い大きさを誇る樹木型モンスター、ハイドトレントが、右側面から生えた蔓を大きく後ろに振りかぶっているのが見えた。

俺は、すかさず奴の懐に飛び込む。

「ギギギギ！」

ひゅん！　という風切り音がすぐ耳元で鳴り、奴の右蔓が頭上を掠めていく。

戦いの緊張で自然と冷や汗が頬を伝う。

手汗で持ち手の部分がじっとりと湿った小杖――クルスロッド――をさらに強く握りしめ、大きく振りかぶった。

「ヒールッ！」

俺の叫び声に反応して、ぽわんと杖の先端が紫色に淡く光る。

俺は奴の胴体に突き刺すように、杖の先端に灯った紫の光を撃ち込んだ。

ガツッ！　と鈍い音とともに、奴の体に食い込んだクルスロッドからの振動が手まで伝わってくる。

杖としての使用方法が間違っているかもしれないが、そもそも俺はこういう使い方を想定していたのだ。なので、他の杖よりも小回りが利いて頑丈そうなところも、この杖を選んだ理由の一つだった。

ノアにはちょっと悪い気もするが、このボロ杖なら気兼ねなく扱えるというものだ。

「ギギギギッ！」

俺の一撃を受けたハイドトレントは、耳障りな叫び声を地下迷宮に響かせて、激しく身を震わせた。

俺はその姿を目の端に捉えつつ、急いで奴の間合から飛び退く。

「はぁ……はぁ……はぁ……」

息遣いを荒くして、ハイドトレントの頭上に目を向ける。

そこには……

【名前】ハイドトレント　【レベル】20
【HP】20／110

ヒールの効果反転で減少した敵のHPを見て、思わず俺は毒づく。

「くそっ……」

一撃で倒せなかった。

さっきからこればっかりで、かなり戦い難い。

少しだけHPが残ってしまうために戦いが長引いて、MPもスタミナも余分に消耗してしまうのだ。

「ギギギギッ！」

奴はダメージから立ち直り、身震いの後に再び攻撃の動作に入った。

今度は左の蔓。

コープトレント同様にハイドトレントの左蔓もかなりの長さがあり、奴のメインの攻撃手段になっている。リーチや攻撃精度も先刻の右蔓とは比較にならないので、簡単に回避することはできない。

「くっ……」

次の攻撃のチャンスを待つために、ここは後退だ。

俺は歯噛みしつつ左蔓から逃れるべく、後ろに飛んで回避する体勢をとった。

「コールドランス！」

ノアの声が地下迷宮の通路に響き渡った。

俺の後方から飛来した氷の杭が、ハイドトレントの胴体に深々と突き刺さった。

「ギギギギ！」

ハイドトレントは盛大な断末魔の叫びを上げ、体を幾千もの光の粒に変えて爆散した。

硬直から解放された俺は、後ろにいるノアを振り返って礼を言う。

「はぁ……はぁ……はぁ……あ、ありがとう……」

「……いえ。それより大丈夫ですか？」

「う、うん。なんとか……」

俺はぜえぜえ息を吐きながら、辛うじて返す。

こういう戦闘が何度も続いたせいで、ＨＰこそ減っていないものの、疲労がたまってだんだん辛くなってきた。

俺は、疲れのあまり膝に手をついた。ノアが心配そうな顔でこちらを見ている。

俺は息を整えるために小休止を提案した。

今俺たちは、第三迷宮都市ドルイの地下迷宮の四階層にいる。

三階層までは完成した地図を頼りに最短ルートを進み、俺たちはどうにかここまで辿り着いた。

ドルイの地下迷宮の一階層から三階層までは、すでに探索が終わっているため、マッピングクエストをやっても旨味がない。

クエストに使うオートマップの紙は、一度マッピングの効果を発動するとその階層にしか使えないようになっているので、使うならまだいくらか未踏破領域の残っている四階層で使おうというのがノアの提案だ。

改めて辺りを見回すと、周囲を覆う洞窟然とした岩の壁はほのかにオレンジ色の光を放っており、内部は不自然なまでに明るい。これが地下迷宮を作った魔王の計らいなのか、それとも攻略隊の手によるものなのか定かではないが、暗がりから突然敵に襲われることがないので精神的にはかなり楽だ。

地下迷宮の壁はところどころ木の根や蔓に侵食されており、床に石畳がない場所では草が生い茂って緑の絨毯になっている部分もあった。

この迷宮の内部には先刻のような樹木型のモンスターを筆頭に、植物型モンスターが数多く出現する。そしてそれらの魔物のレベルは、外に比べて恐ろしく高い。

ドルイの地下迷宮は、ボス部屋があるとされる最下層まで含めると全十階層になる。

四階層目で敵のレベルは20程度。残り六階層もあると考えると、先々では今と比べ物にならないくらい、強い魔物が待ち受けているに違いない。

まだ四階層に入って間もないのに、すでに俺は苦戦を強いられるようになってきている。

はたして、このまま先に進んで通じるのか？　急に自信が揺らいできた。

それに目の前にいる水色髪の少女と比べて、俺は……自分で思っていた以上に弱かった。

戦闘を重ねる度にその事実に気づかされた。

未だ疲れの色を見せないノアは、俺の顔を心配そうに覗き込む。

対する俺はクタクタに疲れ、打ちのめされていた。

俺は、本当に弱い。

先ほどの戦いにしても、ノアだって俺と同じ数の魔物を相手にしていた。

だけど、俺が倒し損ねた魔物を代わりに仕留めてくれたり、敵の位置を俺に知らせてくれたり、常にこちらを気遣う余裕を残している。それがなければ俺は今頃、本当に死んでいたかもしれない。

昨日の夜ノアに言った台詞が脳裏に浮かぶ。

『そんなに心配しなくても、足手まといになるような真似は、絶対しないから』

結局足手まといじゃねえか、俺。

思わず強く歯噛みする。

「……大丈夫ですか、囮さん？」

「えっ!?」

いつの間にか固まっていた俺は、ノアの声で我に返って慌てて返事をする。

「……う、うん。大丈夫」

心配そうな目でこちらを見ているノアに、なんとか取り繕(つくろ)って淡い笑みを返した。

右手をひらひらと振って気にするなとアピールする。

ノアは軽く頷いて、俺に微笑みを返してくれた。

「……それでは、もう少し奥に行きますか」

奥に行くけどいいですか、という確認のニュアンスが含まれた言葉に対して、俺はできるだけ疲れの色を表に出さないように、空元気で応える。

「……お、おう！」


いよいよ俺たちは、四階層の未踏破領域に足を踏み入れる。

ノアがオートマップの紙を平手で思い切り叩いた。

パシンという軽い音が洞窟の壁に反響する。

別に彼女は苛立って地図に八つ当たりしたわけではない。マッピングを開始したい場所で紙を叩くことがオートマップを起動するトリガーになっているんだとか。

すると、今まで白紙だった部分に、俺たちが今いる周辺の洞窟の形状がみるみる浮かび上がった。

いよいよ、マッピングスタートである。

ちょっと歩けばさらにその洞窟模様の続きが自動的に描かれていく。

まるでカーナビみたいだなと、俺はこの不思議な異世界技術に感心してしまった。

オートマップの効果を目の当たりにして、俺は俄然(がぜん)スキルというものに興味が湧いてきた。『地図術』というスキルでこの地図用の紙を作れるそうだが、他にも有用なスキルが色々あるんじゃないか？　俺は道すがらノアに尋ねてみた。

「なあノア、スキルっていうのはどういうものなんだ？」

「囮さん……そんなことも知らないんですか？」

「いやあ、面目ない……勉強苦手なもので」

俺はポリポリと頭を掻いて、ノアに教えを乞うた。

ノアの話によると、境才都市ソリュートという街で修業をすると得られるものらしい。

見事修業に成功すればスキルが獲得できて、色々な技術を扱えるようになるんだとか。

俺もいつかぜひ、境才都市に行ってみたいものだなあ。

境才都市で覚えられるスキルには、剣術や槍術など戦闘に関わるものもあれば、地図術のように戦闘とは関係ない実用的なものまで、様々な種類がある。

後天的に覚えるという意味では、ヒールのような知識魔法に似ているかもしれない。

スキルの修業期間は平均すると一年かかり、難しいものでは五年を要するものもあるらしい。

気軽にポンポンと覚えられるものではないようだ。

ただし、魔物が持っているスキルは先天的なもので、これらについては生まれつきの体質のようなものと言い換えることもできる。アバットのダンジョンボス、クロコタールが持っていた『物理攻撃無効化』と『攻撃魔法無効化』もその体質なんだとノアは言った。

なるほどねえ……

俺のステータスに表示される「スキル：回復魔法」の説明にはならなかったが、それもこの先分かる時がくるだろう。

まあ、俺たち異世界人の力で覚醒させた能力は、ステータスで正式な表示方法がないからスキルの扱いにされたのかもしれないな。

今はとにかく、レベルでも魔法でもスキルでもなんでもいいから、早く強くなりたい。

とびきり臆病で人見知りなのに、俺なんかより遥かに強い、目の前の少女に追いつくために。

これ以上、足手まといになんかなりたくないから。


オートマップに表示されるこの階層の地図には、ところどころ飛び地のように小さな未踏破領域が残っている。俺たちは通路を行ったり来たりして、これを埋めていった。

すでに次の階層へのルートは確立されているので、四階層には長居せずに通り過ぎてしまう冒険者も多いのだが、あちこちに点在しているマッピングの取りこぼしを潰していけば、それなりに良い報酬がもらえる見込みだ。

ハッキリ言って効率が良いとは言い難いのだが、それゆえにこうして未踏破の部分が残っており、俺たちはおこぼれに預かれるというわけだ。

ちなみに、現在この地下迷宮の最高到達階層は八階層。当然そこまで行けば未踏破領域も多く、マッピングの報酬も桁違いなのだが、俺たち二人だけでは無謀なので却下。

「……そろそろ、四階層の未踏破領域もマッピングが終わりそうですね」

目の前を歩く水色髪の少女が、こちらを励ますように振り向いて言った。

「……う、うん。そうだね」

俺は疲れを表に出さないように、なんとか息を整えてから返事をする。

この地下迷宮に入ってからというもの、魔物のレベルが飛躍的（ひやくてき）に上がり、俺とノアの実力の差がより顕著（けんちょ）になっていった。

ここまでで魔物を倒した数の内訳を振り返ると、俺が二割でノアが八割。

俺が倒した数にはノアの援護を受けているものも多少混ざっている。ノアの力を借りていなければ、おそらくこの差はもっと広がっていたに違いない。

改めて、自分の弱さが惨めで憎たらしいと感じて、俺の気分は沈みがちだった。

もちろん、一度戦闘が始まってしまえば、そんなこと考えている余裕は一切ないんだけど。

本当はもっと戦えると思っていた。回復魔法しか持っていない俺でも、魔物を倒して自力でレベルを上げられると。

正直言うと、目の前を歩く少女の手助けを……むしろ俺が引っ張っていってやろう、くらいのことも考えていた。

だけど、それはただの驕（おご）りだ。

魔物と数回戦って、レベルが少し上がっただけで、変な思い上がりをしていた。

誰も倒せなかったダンジョンボスを倒したからって、それはただのまぐれじゃないか。結局俺は、少しばかりおかしな回復魔法を持っただけの貧弱な子供（ガキ）だったんだ。

自分が絶望的なまでに弱いことを、改めて思い知らされた。

「囮さん」

俺が暗澹（あんたん）とした気分で思考を巡らせていると、不意にノアの声が耳に入ってきた。

暗い気持ちを悟られないように、俺は惨めな感情を押し殺して、とりあえずノアの方に顔だけ向けた。

そして、今一番掛けてほしくない――だが心根では欲していたのかもしれない――言葉を、そっと口にした。

「あの……辛かったら、言ってくださいね」

ノアは遠慮がちにそう言って、殺伐（さつばつ）とした迷宮内には似つかわしくない優しい微笑みを見せた。

もう彼女も気づいているだろう。俺にはおかしな回復魔法以外に何の知識も力もないことに。冒険者として生きていくには未熟な人間だということに。

そして彼女は自分のお願いのせいで、俺をこんな場所まで連れてきてしまったことを気に病（や）んでいる。

確かに地下迷宮の攻略に協力してくれと頼んだのはノアだった。でも最終的にそれを決めたのは俺だ。だから、ここで俺が辛い思いをしているのは彼女のせいではない。

「……ごめん、変な心配させて。でも大丈夫、全然平気だよ」

俺は作り笑いを浮かべて努めて平静を装ったが、出てきた声は自分でも分かるほど掠れていた。

「……そうですか」

ノアは少し寂しそうに微笑むと、何か悟ったのか、そこで会話を終わらせた。

きっと俺は、大丈夫な顔をしていなかったんだろうな。

まったく……どこまで足を引っ張れば気が済むんだよ、俺は。


「あれ？」

しばらく無言で歩いていたノアが不意に足を止めた。

「あそこに誰かいませんか？」

俺はノアが指さす先に視線を向けた。

そこには彼女が言ったとおり、数人の人影。

洞窟然としたY字の分かれ道の中間に、男二人女一人の三人組が、何やら不自然な様子で立ち止まっていた。

「本当だ。何かあったのかな？」

「さ、さあ……」

彼女は一言素っ気なく返しただけだが、やはり気にはなるのか、どことなくソワソワしている。

そんな様子を見せられてしまったら、こう言うしかあるまい。

「何かあったのか聞い——俺が聞いてこようか？」

戦闘では面倒を掛けっぱなしだったから、せめてこれくらいは俺が率先してやらないとな。

「えっ？　あっ、べ、別に私でも話を聞くことくらいできますけど……でも……」

ノアはそこでいったん言葉を切り、若干恥ずかしそうに下を向いて小さく呟いた。

「その……お願いします」

「分かった。ちょっと待ってて」

おなじみのノアの人見知りを見て、なんだか暗く沈んでいた心が和んだ気がする。

こうして俺でも役に立てる場面があったわけだし、気分を切り替えていこう。

俺は三人組の方へ、出来る限り冒険者らしい気配を醸し出しながら歩み寄る。魔物や野盗の類だと思われて先制攻撃されたらたまらないからね。

近づくにつれて、彼らの姿が鮮明になってきた。

一人は黒髪をツンツンと尖らせた、ガタイの良い戦士風の青年。もう一人はストレートの金髪で大人しそうな魔法使い風の優男。二人とも俺より二つ三つ年上だろう。

それに、ノアと同い年くらいのボブカットの茶髪少女。彼女は軽装の革鎧に短剣を身につけていて、まるでゲームに出てくる盗賊のような格好をしている。

『……っ！』

俺が接近する足音に驚いた三人組は、一斉に振り向いて皆同時に武器を構えた。

だがこちらも人間だと認識できたのか、彼らは安堵の息を吐きつつ武器を収める。

出来る限り脅かさないようにしたつもりなんだけど、やっぱり駄目でしたね。

「あの、何かあったんですか？」

敵意がないことを示すためにも、まず俺が口を開いた。

「……」

「……」

「……」

しかし、俺の質問を聞いた三人は、なぜか気まずそうに目を逸らし黙ってしまった。

彼らの態度が気になった俺は、もう一度話し掛けようとしたが……

「あの――」

「うるせえな！　放っておいてくれ！」

戦士風の黒髪青年の怒声で遮られてしまった。

この世界に来て数々の魔物と戦ってきたが、人から敵意を向けられたのは久しぶりだ。

クラスを追い出された時以来かな。

「そ、そんな言い方はダメだよ」

仲間の青年魔法使いが慌てて黒髪青年の態度を注意する。

「他の人に当たっても仕方ないよ」

次いで盗賊風の女の子がなだめるように言葉を掛けた。

何か訳ありな空気――このやり取りを見てそれを強く感じた。

不意に漂いはじめた気まずい空気に、俺は声を掛けるんじゃなかったと少し後悔する。

視線を後ろに向けると、そこには俺と同じように困り顔で固まるノア。

親切心で声を掛けたのに、冷たく突き放されてしまった俺を見て、ちょっとショックなんだろう。

それは仕方がない。

「悪いが、俺たちのことは放っておいて先に行ってくれないか」

仲間にたしなめられた黒髪の青年は態度を少しだけ柔らげたが、それでもとりつく島はなかった。

その声に合わせて金髪ストレートの青年と茶髪ボブの少女が、申し訳なさそうにこちらに頭を下げる。

反射的に俺も小さく頭を下げた。

深入りしない方がいいかと思った俺は、回れ右してこの場を立ち去ろうとする。

そこで、困り顔のノアと目が合った。

「……」

俺とあの三人組に交互に目を移し、ノアは何か言いたげな様子だ。

しかし、俺が着ている布の服の袖をそっと掴むと、彼女は小声で囁いた。

「……い、行きましょう」

そんなに思わせぶりな態度をとられたら、聞かざるを得ないのだが……

「でも……いいの？」

「……行きましょう」

それでも彼女は考えを変えず、俺の服の袖をそっと引っぱりながら、Y字路の左側の道を奥に進んでいく。

最後に俺は三人組を振り返ってみたが、向こうもこちらを気にしている様子で、変わらず妙な空気が漂い続けていた。

「たぶんあのパーティー、私達と同じでマッピングクエストを進めているんだと思います」

Y字路の左の道をしばらく進んだ後、不意にノアが口を開いた。

「え、なんでそんなのが分かるんだ？」

疑問に思った俺は、思わずノアに聞き返す。

「黒髪の人がオートマップを持っていたからですよ」

黒髪の彼の勢いに押されるあまり、持ち物にまで気が回らなかった。

自分の観察力のなさに少しばかり落ち込んでいると、ノアは少し心配そうな顔をして続けた。

「ですがあの方、怪我をしていました」

「……」

それも気が付かなかった。

もし正直に怪我をしていることを言ってくれたなら、俺が回復魔法で治すこともできたんだけど。

「それで先に進むかどうか迷っていたんだと思いますよ。私達を突き放して先に行かせたのも、きっと違う道をマッピングするためかと」

「あ、そういうことか」

ノアの話を聞いた俺は、ようやく先ほどのやり取りに納得がいった。

マッピングクエストでは、マッピングした地図の中に未踏破領域の部分が多ければ多いほど報酬がもらえる。

あの三人組と会ったのは未踏破領域の分かれ道。どちらの道が長くて報酬が多くもらえるかは分からなかったが、同じ道を歩いてしまった場合、先にクエスト報告をした方にしか報酬は支払われない。

だからわざと俺たちを先に行かせて、後から違う道を選ぼうとしていたわけだ。

それに俺たちと縄張り争いになった場合に、弱みを見せないように強がっていたのかもな。

「つまりあの三人の方も、俺たちが同じ目的……マッピングクエストを行なっている冒険者だと分かっていたのか」

「……はい、そうだと思います。怪我をしているなら正直に言ってくれてもよかったんですが……」

「確かにそうだけど……彼らにしても報酬も絡む以上、仲良く協力してってわけにはいかないいんじゃないかな」

「無茶なことはしないといいんですけど……」

心配そうな表情で来た道を振り返るノア。

リーダーの黒髪青年がどの程度の怪我を負っていたのか俺は知らないが、これ以上地下迷宮の探索をするのは危険だろう。

手負いの仲間を抱えたパーティーは、それだけで大きなハンデを背負うことになるからな――って、まるで自分のことみたいで少し落ち込みそうだ。

「囮さん！」

ノアの叫び声が俺の意識を現実に引き戻した。

見ると、俺たちの周りに生い茂っていた草が、風もないのにゆらゆらと動いていた。

突然の出来事に自然と手汗が滲む。これは何者かが接近する前触れだと見当をつけた俺は、ズボンの腰あたりに差していた小杖を勢いよく抜き放った。

同じようにノアも自前の大杖を構えて、周囲に注意を払う。

二人とも緊張した面持(おもも)ちで展開を待つ。

そう、ここは数多(あまた)の魔物が蔓延(はびこ)る地下迷宮なんだ。考え事なんかしている暇はない。

思考を目の前の戦闘に切り替えるんだ。

次の瞬間、俺たちの周りを囲うようにして、緑色の絨毯を揺らして何かが飛び出してきた。

それは、コープトレントを半分に切ったような、切り株の魔物たち。

サイズは俺の腰丈ほど。それだけを見ればコープトレントよりも弱そうな印象を受けるが、この切り株の魔物は油断できない特徴を備えていた。

それは、側面から生えた……十本ほどの蔓。

あれがすべて意思どおりに動くとしたら、俺が見つけた攻略法は無意味。奴らに隙なんかありはしない。

何より、奴らの頭上に表示された文字列が、現状の危険さを一層際立(きわだ)たせた。

【名前】スタンプトレント　【レベル】３０
【ＨＰ】８５／８５

レベル……30。

HPの値は大したことないが、レベルの高さがあの蔓一本一本の威力の重さを物語っている。

おそらく耐久値や敏捷値も今までの奴らとは比べ物にならないくらい高いはずだ。

何より、この数は……

通路の奥から一匹現れたと思ったら、後から続いてわらわらと押し寄せてくる魔物たち。俺たちが警戒して身動きできずにいる間に、囲まれて退路を断たれてしまった。

「囮さん！」

「っ！」

危うく戦意が喪失しかけていた俺の耳に、ノアの叫びが届く。

お蔭で俺は、再び集中力を取り戻すことができた。

構えたクルスロッドの存在を確かめるように、ぎゅっと握り直す。

「……よし」

俺は周囲を見回して気合いを入れるように一つ頷く。そして、冷や汗を流しつつ自分に言い聞かせる。

今度こそ足手まといになるわけにはいかない。

何としても自分の力でこの場を切り抜けてやる！

「ヒールッ！」

「コールドランスッ！」

俺とノアの叫び声が同時に響き、それが戦闘開始の合図となった。

『ギギギギ!!』

それに呼応するようにスタンプトレントたちの軋むような鳴き声が重なる。

8

杖に紫の光が灯るや否や、俺は目の前の切り株型モンスター、スタンプトレントに向かって駆け出した。

幸い奴らはまだ動く気配を見せない。

俺は右手で握った小杖の先端を、レイピアの刺突の如く、まっすぐ敵目掛けて突き込んだ。

「ギギギギ！」

闇ヒールを食らった敵は樹木型モンスター特有の鳴き声を上げ、体を小刻みに震わせた後、光の粒に姿を変えていった。

「……よしっ！」

こいつらなら一撃で倒せる。

レベルの割にＨＰが低いことから想像すると、おそらく奴らの防御の要はＨＰの量ではなく、耐久値の高さなのだろう。

これなら闇ヒールと相性がいい。俺一人でも十分――

「ギギッ！」

魔物のうめき声が聞こえたと思った瞬間、腹部に強烈な痛みが走る。

俺は突然の出来事に目を見開く。

まるで、誰かに全力で殴られたような衝撃で、体の内側にあるものがすべて飛び出しそうになった。

俺は強く歯を食いしばって、意識が飛ぶのを堪える。

「ぐっ……」

視界の外から伸びて来ている木の蔓が、俺の腹にめり込んでいるのが分かった。

俺は相手に目をやる余裕もなく、攻撃を受けた腹を手で押さえながら地面に膝をついた。

「はぁ……はぁ……はぁ……」

たった一撃で、すでに立ち上がる力すら奪われてしまった。

俺が奴らを一撃で倒せるのと同じように、奴らにだって一撃で俺を黙らせられる力があるんだ。

正面からの殴り合いになれば、俺に勝ち目はない。

おそらくあと二発、いや一発攻撃を受けただけで、俺は……

「コールドランス！」

その刹那(せつな)、ノアの叫びが俺の窮地(きゅうち)を救った。

そうだ、戦っているのは、俺だけじゃない。

ノアだってこいつらと命懸けで戦っているんだ。俺が弱気になってどうする。俺だってちゃんと敵を倒せる力を持っているんだから、しっかり戦え！

俺は心中で自分に活を入れて体を起こす。

腹をしっかり手で押さえているのを確認し、善意の回復魔法を発動した。

「ヒール」

薄黄色の優しい光が俺の体を癒やしていき、痛みと恐怖感を拭い去ってくれた。

そして俺は、追撃を避けるために即座にその場から飛び退く。

「はぁ……はぁ……はぁ……ふぅ……」

息を整えながら、一旦気持ちを落ち着かせて冷静に現状を確認してみた。

直接見える範囲で敵の数はおよそ二十体。しかし、通路の奥から這い寄って来る奴もいれば、芝の生えた地面から湧き出してくる奴もいるので、実際は四、五十体いると見ていいだろう。

俺たちが来た側の通路も奥の通路も奴らでひしめき合っている。

通路の横幅は大体十五メートルほどあるが、奴らの切り株のような体から広がる無数の蔓にふさがれて隙間もない。

これじゃあ逃げるのは難しいだろうな。

だから戦って……こいつらを倒して活路を開くしかない。

なんなら、こいつらを全員一掃するくらいの勢いで。

「ヒール」

冷たい声で唱えながら、俺はクルスロッドを剣のように正眼に構えた。

鋭い先端には紫色の灯がしんしんと瞬いており、俺はその光越しに倒すべき相手を見定める。

一撃当てれば俺の勝ち。

直撃さえ受けなければ、何発かは耐えられるはず。もしまともに食らったら、すかさずヒールで回復だ。

時間経過によるＭＰ回復で、まだ少しは余裕がある。

「うおぉぉぉ！」

俺は気合いとともに、ノアが戦っている方向とは逆側に走り出していった。

立ちはだかる切り株型モンスターの大群はとてつもない迫力を放っているが、それでも構わず前に進む。

一番前で俺を睨んでいたスタンプトレントが、側面から生えた無数の細い蔓を、後ろに振りかぶっているのが見えた。

俺は走りながら蔓の動きに注意を向け、回避のタイミングを測る。

だが……いつの間にか、奴の蔓が俺の左肩に鋭く撃ち込まれていた。

動きが速すぎてまったく見えなかった。

「ぐっ……」

まるで刃の付いた武器で攻撃されたかのような鋭い痛み。

見ると、宿屋のおばちゃんに借りた服の肩口が綺麗に裂かれ、内側からは血がどくどくと流れ出ていた。

それでも構わず、俺は蔓を放ってきた奴の懐に飛び込んでいく。

「うおぉぉぉ！」

クルスロッドを握った右手を全力で前に伸ばし、先端に灯った紫色の光を、奴の顔面に叩き込む。

「ギギギギ！」

闇ヒールを食らったスタンプトレントは、断末魔の叫びとともに細かな光の粒子に変わった。俺は魔物の消滅を最後まで見届けず、すぐに次のスタンプトレント目掛けて駆け出した。

走りながら再び杖を構え、敵意を持って回復魔法を発動させる。

「ヒールッ！」

「ギギギギ！」

苦しげな悲鳴を響かせながら、スタンプトレントが爆散していく。

俺は、血が流れ出ている左肩をだらりと下げながら、次なる標的を睨みつける。

そして敵の大群を剣で斬り払うかのように、敵群に突っ込んでは闇雲に杖を振るった。

だんだんと目も慣れてきて、襲い来る蔓をぎりぎりの間合いで躱せるようになってきた。

俺がヒールを唱える度に空中には紫色の光芒（こうぼう）が残留し、ほのかに明るい地下迷宮をさらに輝かせた。

倒したら次、倒したら次と、止まらずに動いて杖の先端を撃ち込み続ける。

「うおぉぉぉ！」

「ギギギギ！」

八匹くらいは倒しただろうか。先ほどから脳内で鬱陶しく鳴り響いていた鐘の音が気にもなったので、俺はステータスを表示させた。

【名前】ツエモト　ユウト
【レベル】14
【HP】110／110　【MP】30／60
【筋力】24　【耐久】20　【敏捷】39　【魔力】50
スキル：回復魔法［ヒール］

レベルが一気に5も上がっていた。まあ、自分の倍以上のレベルがある敵を倒しているのだから、不思議ではない。

攻撃と回復を同時に行なっていたせいで、ＭＰの消費が激しいのが気になるが、このまま押していけば……

「――って、あれ？」

気づけば俺の周りからは、スタンプトレントがいなくなっていた。ぎゅうぎゅうに通路を塞いでいたあの大群が、今は影も形もない。

ギシギシとうるさかったはずの空間には、しんとした静けさが戻っていた。

「ど、どうして……」

「あっ、終わりましたね、囮さん」

少しばかり離れたところから、ノアの声が聞こえる。

そちらに目を移すと……

「……う、うぉぉ」

魔物が消滅時に放つキラキラとした光の粒が、水色髪の少女を彩るかのように漂って神々（こうごう）しい光景を作り出していた。

たぶん、俺が数体の魔物を相手にしている時、ノアはその数十倍の敵を屠（ほふ）っていたのだろう。

結局、戦場の主導権を握ったのは、通路の真ん中に一人佇むこの少女だったというわけだ。

「……また、ダメだったか」

「えっ、どういうことですか？」

「い、いや……」

慌てて顔を背けて誤魔化す。

地下迷宮に入ってから迷惑を掛けっぱなしだったので、この戦場は俺が何とかしようと思った——なんて今さら恥ずかしくて言えるはずがない。

ノアが楽々片付けてしまったのだから。

と思ったが……

「……あれ、ノア？」

「……はい？」

ノアの額には、大粒の汗が流れていた。

よく見ると、着ている青い服は所々破れており、手足からはわずかに血が滲んでいる。

――楽々片付けたなんて、俺の勝手な思い込みだったんだ。

俺はノアに歩み寄り、そっと手を彼女の肩に置いた。

「……ヒール」

小さな黄色い光が手に灯り、ノアの傷を癒やしていく。

「あ、ありがとうございます」

突然のことだったので驚いたのだろう、ノアは若干目を丸くして礼を言った。

「……ごめんな」

「えっ？　な、何がですか？」

「ノアに任せ……いや、やっぱりなんでもない」

うっかり口に出して言ってしまうところだった。ノアに任せっきりにして、足を引っ張ってごめんと。だけどきっと、彼女はそんな言葉を望んじゃいないだろう。

「……そうですか？」

ノアは気にした様子もなく、くるりと後ろを振り返って言った。

「それでは、元来た道を戻りましょうか」

「えっ、どういうこと？」

突然の宣言に俺は首を捻る。

「あれを見てください」

ノアは通路の前方に指をさした。そこは、見事なまでに岩の壁で、行き止まりだった。

「あっ、そういうこと」

「はい、今日はこれでおしまいですね」

彼女は微笑みながらそう言って、記録したオートマップをひらひらとこちらに見せてきた。

これでクエストは終わり。

早かったと言えば早かったな。

俺が活躍できた場面と言えば、あの三人組に話しかけたことくらいなので、もう少し見せ場がほしかったな、なんて思ったりもするが。

わずかに心にもやもやを残しながら、俺はノアと一緒に元来た道を引き返した。


歩くことおよそ五分。

俺とノアは、例のY字路の所まで戻ってきていた。

先刻のやり取りを思い出してしまったのだろうか、ノアがきょとんと首を傾げながら口を開いた。

「あの三人、ちゃんと地上に戻れたんでしょうか?」

「さ、さあ?」

確かめようのない疑問だった。

いや、確かめる方法はある。ギルドに行けば、クエストの報告を終えたあの三人がいるかもしれない。

もしくは、帰路の途中でバッタリ出会う可能性もある。むしろその確率の方が高いだろう。

怪我を負っている者がいるのだから、自然と足取りは遅くなるだろう。

もし帰り道で見かけたなら、ノアの心配を払うためにも回復魔法を掛けてあげよう。

「まあ、今頃二階層くらいにいるんじゃないかな」

「だと……いいんですけど」

ノアは再び不安そうな顔を見せ、Y字路の右――つまり俺たちがマッピングをした反対の通路に目を向けた。

「……ノア？」

「あっ、すいません。……行きましょうか」

ノアは、あははぁ、と苦笑いをしながら止まっていた足を再び動かし始めた。

もしかしたら彼女は、奥にあの三人組がいるんじゃないかと思っているのかもしれない。

だが、それはあまりにも心配のし過ぎというものだ。

彼らだって命を無駄にするつもりはないはずだ。前衛である黒髪の青年が傷を負った状態で未踏破領域の奥に踏み込むなどという、無謀なことはしないだろう。

彼らに話しかけることもできなかったわりに、こうして気遣いを見せるノアの優しい一面を垣間見て、俺はなんだか温かな気持ちになる。

だが……

彼女と一緒に再び帰路を歩き出した、まさにその時だった。

予想だにしていなかった……いや、恐れていた事態が起こってしまった。

「うわぁぁぁ!!」

突如、右の通路から男性の悲鳴が聞こえてくる。

咄嗟にその方向に目を向けるが、道はカーブしていて奥の様子が分からない。

だが……

「今の声って……まさか」

「きっとさっきの人たちです!」

予想を口にしようとした瞬間、ノアが即座に答えた。

ノアの言うとおり、あのパーティーのリーダー格の戦士風の青年の声に違いない。

恐れていた事態——彼らは戻らずに、マッピングを続けていた。そしておそらく、魔物に襲われてしまったのだろう。

すぐさまその結論に至った俺は、助けに行く必要があると判断した。

俺が怪我人をヒールで回復するだけでも、かなり状況は良くなるはずだ。

「ノア」

「囮さん」

ノアと声が重なった。どうやら彼女も同じ考えに至ったようだ。

そして同時に互いの目を見る。俺たちは言葉を交わすことなく、小さく頷き合って、右の通路へ駆け出した。

俺たちが選んだ左の通路に比べて、右の通路は若干広く、そして長かった。

左の通路ならばとっくに行き止まりに突きあたっていてもおかしくない距離を走っているが、この道はまだ終わりが見えない。

もう先ほどの叫び声が届くような距離ではないので、おそらくあの三人は魔物に追われてどんどん奥の方へと進んでいるのだろう。最悪のパターンだ。

「凪さん！　あれを見てください」

「っ!?」

俺は足を止めてノアが指さした先に目を凝らす。

「うそ……だろ……」

思わず掠れた声が漏れた。

そこには、通路を隙間なく埋め尽くすスタンプトレントの大群。

俺たちが先ほど出くわしたのをはるかに上回る数のスタンプトレントが、ぎしぎしと互いの体を擦りつけながらひしめき合っていた。

「この奥に、あの三人がいるのか……」

「おそらくそうでしょう」

俺とノアは薄明かりの灯る通路の奥を凝視するが、道は湾曲(わんきょく)していて先の様子は分からない。

つい先ほども俺たちはスタンプトレントの大群と遭遇したばかりなのに、もうこんなに湧いているのか？　さほど離れているわけでもないのに、どう考えても異常だ。数が多すぎる。

今すぐ叫んで三人の安否を確かめたいところだが、それはできない。下手に魔物の注意を引いてしまえば戦わざるを得なくなる。

どうする、戦うのか？　それとも、あの人たちを……見捨てるのか？

「……逃げてください囮さん」

不意に、押し殺したノアの声が耳元に響いた。

俺は魔物の動きに注意を払いつつ、隣に目を向ける。

「逃げろって……ノアは戦うつもりなのか？」

彼女は険しい表情で前方の大群を見つめていた。

今までに見たことがないほどに真剣なノアの表情から、この状況がいかに深刻かを強く感じ取ることができた。

『逃げてください』

それは一見俺を気遣った言葉。だが、そこには同時に別の意味があることを瞬時に悟った。

ノアにはこの大群を一掃できる魔法があるのかもしれない。

でも、先ほどとは比べ物にならない大群を相手どるのに、俺は邪魔になってしまうんだと。

もう俺のことを気にする余裕はない、そういうことだろう。

だが、そんなこと言われて素直に引き下がれるわけもなく、俺は必死に食い下がる。

「いや、だったら俺も一緒に――」

「ダメです！　囮さんは逃げてください。さっきの分かれ道の所まで行けば安全なはずです。そこで待っていてください」

「……で、でも」

ここはかっこつける場面じゃない。ノアにとって、俺がいない方が戦いやすいというのなら、素直に従うべきなんだ。それでも、俺は首を縦に振ることを躊躇（ためら）い続ける。

逃げたらかっこ悪いという気持ちと、足手まといではないと証明したいという思いが邪魔して、素直に逃げ出すことが、どうしてもできない。

そんなものは俺のエゴだって、言われなくても分かってる。

でも……

「なら……そ、そう。助けを呼んできてください」

ノアが〝理由〟をくれた。

俺がこの場から逃げ出す理由を作ってくれた。

「魔物はまだ増えるかもしれないです。もしそうなったら……私だけでは三人を連れて戻って来られる自信がありません。ですから、囮さんは助けを呼んできてください」

なんだよそれ。そんなこと言われたら……

女の子が命懸けで戦おうって時に、足を引っ張ることしかできないなんて……俺は本当にどうしようもない奴だと思った。

こんなのかっこ悪すぎる。

だけど、それが現実だ。

おそらくノアはこの大群を一掃できるほどの力を有しているのだろう。

だからその余波に巻き込まれないように、弱い俺が逃げるのは当たり前のことなんだ。

いるだけで邪魔になるくらいなら。

「……分かった」

一言そう言って、俺は弱々しく頷いた。

ノアは真剣な眼差しで小さく頷き返すと、スタンプトレントの群れに向き直った。

俺はすぐに逆方向に走り出す。

「フロストレイス！」

次の瞬間、後方からノアの声が聞こえてきた。

一瞬の肌寒さの後、次々と何か固いものが砕け散るような音が響き渡った。

足を止めずに後ろを振り返ると、先ほどまでスタンプトレントが埋め尽くしていた通路に、ぽっかり大きな空間ができていた。

これがノアの実力。

俺とは違う、確かな実力を持った少女。

俺がいなければ、こんなにあっさり魔物を倒すことができるんだ。

俺は悔しさと惨めさを噛み殺しながら、来た道を戻って走り続けた。

未踏破領域手前のＹ字路。

俺は疲れと失意に押しつぶされて、地下迷宮の岩壁に背を預けていた。

――逃げてしまった。

理由はどうであれ、自分とそう歳の変わらない少女を戦場に残して。

後悔だけが頭の中でぐるぐる回って、ため息が漏れる。

でも俺は逃げる言い訳ができたことを、実際心のどこかで安心していたんじゃないか？　そう問われると、自信を持って否定できないところが本当に情けない。

「ギギギギ！」

集中力を失いかけた俺の耳に、突然トレント系の魔物の叫びが入ってくる。

見ると、反対側の通路から、のそのそとスタンプトレントが一匹近寄ってきていた。

たぶんさっきの大群の残りかすとか、そんなところだろう。

「……」

俺は半ば無意識のまま腰に携えた小杖を手に取り、力なく右手にぶら下げた。

俺にはこんなおこぼれを掃除することくらいしかできないのか。

「ヒール！」

右手の杖に効果反転させたヒールを灯し、俺は眼前のスタンプトレントに向かって走り出した。

「ギギギギ！」

奴が振るう蔓が次々と襲いかかってくるが、俺は回避もお構いなしに突っ込む。

「ぐっ……」

強引な突進により、何カ所か強く蔓を打ち付けられたが、なんとか懐に入りこむことができた。

俺は上段に振りかぶった小杖を奴の顔面に思い切り叩きつける。

「ギギギギギギギ！」

スタンプトレントは、俺の目の前で苦悶の呻き声を上げながら消滅した。

奴の残滓が舞う中、俺は深いため息を零す。

自己嫌悪のあまり俺は無謀な戦い方をしていた。

こんなことしても、何も変わらないっていうのに……。

所詮、ただの八つ当たりだ。

『ギギギギ！』

気づけば、数体のスタンプトレントたちが通路の先から行く手を塞ぐように、ゆっくりとこちらに近づいてきていた。

ギシギシとけたたましい鳴き声、引きずるような地面を擦る足音。

今の俺にはそれがとてつもなく鬱陶しく感じられる。

俺は思いっきり歯を食いしばって、怒りのままに杖を振るった。

「うおぉぉぉ！」

小杖を持った右手を後ろまで引き絞り、最大の突きを繰り出す構えをとる。

「ヒールッ！」

『ギギー！』

奴らと俺の雄叫びが、ほぼ同時に地下迷宮内に響き渡った。

半ばやけくそになりながらも、これまでの経験を活かして奴らが振るう蔓を避ける。

それから近くにいるスタンプトレントから順に、次々と杖を撃ち込んでいく。

倒したら次、倒したら次……繰り返すうちにスタンプトレントは最後の一匹になっていた。

だが奴は、これまでと動きを変えて、引き絞った左の蔓を蛇行する軌道で突き出してきた。

攻撃の間合いは奴の方が上。

俺は咄嗟に体を右に捻って回避を試みる。

だが、鋭く尖った蔓の先端が左肩に突き刺さってしまった。

ぐりぐりと内側から肩を抉られる感覚が伝わってくる。

「ぐあっ！」

強烈な痛みで思わず足が止まった。

傷口からダラダラと滴り落ちる血が、突き刺さった蔓を赤く染める。

痛みで感覚が乏しくなった左手で、肩に刺さった蔓を掴むと、体ごと捻って無理矢理引き抜いた。

「ぐっ……うあぁぁぁ！」

俺の悲鳴とともに血飛沫が舞い、地面に赤い染みを付ける。

自分自身で作った血だまりに圧倒されながらも、俺は決死の覚悟で魔物に向かって走り出した。

さらなる追撃や傷の状態なんか知ったことか。

こいつをぶっ殺さないと、俺がやられるんだ。

それに、内から溢れるこの怒りをどこかにぶつけなくちゃ気が済まない。

力がない自分。

逃げ出すことしかできない自分。

怒りを他にぶつけることしかできない自分。

俺は今、自分自身にとてつもなくムカついている。

「うっ……おぉぉぉ！」

俺のドロドロとした憎しみに呼応するように明るさを増した紫色の光を、俺の肩を抉ったスタンプトレントの顔面に叩き込んでいく。

こんなことしかできない自分が、本当に嫌になる。

「ギギギギ！」

俺に傷を負わせた最後のスタンプトレントは洞窟内に断末魔の叫びを響かせ、その体を幾千もの光の粒に変えた。

これで俺を襲う者はもういない。

たった一人この場に残った俺は、気分を晴らすことなんかできるはずもなく、傷を癒やすのも忘れて無様(ぶざま)に立ち尽くした。

通路の奥にいるはずのパートナーの存在感が遠のくのを感じ、心が痛くなるのを確かに意識しつつ、それでも俺はただ立ち尽くしていた。

……ごめん……ノア……

次の瞬間、高らかな鐘の音が頭に響き、脳内にレベルアップの情報が流れ込んできた。

だが、いつものレベルアップ通知とは何か違う。

鐘の音に混じって、さらに甲高い鈴のような音まで響いてきた。

いったいこの違いは何だろう？

【名前】ツエモト　ユウト
【レベル】１４　（＋１）
【ＨＰ】９２／１１０（＋５）　【ＭＰ】２８／６０（＋３）
【筋力】２４（＋１）　【耐久】２０（＋１）
【敏捷】３９（＋２）　【魔力】５０（＋４）
スキル：回復魔法［ヒール］（　＋［ヒーリング］　）

↓

【名前】ツエモト　ユウト
【レベル】１５

【ＨＰ】９２／１１５　【ＭＰ】２８／６３
【筋力】２５　【耐久】２１　【敏捷】４１　【魔力】５４
スキル：回復魔法［ヒール］［ヒーリング］

ヒーリング？

ヒールに続く二番目の回復魔法……

ノアに聞いたとおりなら、発動者を中心に魔法陣が発生し、その円内にいるすべての者にヒールを掛けるという、初級の範囲回復魔法だ。

本来これは知識魔法。後から学んで覚えるものだったはず。

それがなぜレベルが上がっただけで会得できたのか。

ヒーリング——もし敵意を抱いて魔法を発動させたら、一体どんな効果になるのか。

発生した魔法陣の円内がすべて対象になるなら、自分は一体どうなるんだ？

これらの疑問の答えは、いくら考えたって簡単に見つかるものではない。

だから、考えるのはやめだ。

それよりも、今俺の頭の中にあるのは、先ほど見た大量の敵。それに立ち向かうことができないでいる自分。

俺は顔を上げて洞窟の奥を見据えた。

俺は……ノアの所に行く。

もしかしたらノアは怒るかもしれない。

なんで逃げなかったんですか、とか、助けを呼んできてくださいって言ったのに、なんて風に。

ノアは俺を逃がすために理由を作ってくれた。

なら今度は、俺自身が納得できるようにノアを助けに行く理由を作ってやる。

あんなにあっさり魔物の大群を片付けたノアの実力を疑うわけではないが、ノアのＭＰだって限りはある。疲れもするだろう。

それに、あの三人が怪我をして動けなかったらどうする？

三人を庇いながら魔物の大群を突破することができるのか？

ノアと別れてからおよそ十五分、未だに戻ってくる気配はない。

助けに戻るには充分すぎる理由だ。

それに……

この新しい力があれば、俺でも魔物の大群と戦えるかもしれない。

ノアを助けられるかもしれない。

頼りなく、不確かな光だが、それは微かな希望となって俺の心を強く揺さぶってきた。

立ち止まっていた足は、気づけばノアのもとへ、吸い寄せられるように動き出していた。

9

ノアを助けに戻る。

そう決意した俺はY字路の右の通路を駆けていた。

その途中、走りながらヒールを唱えて先ほど負った傷を癒やしておく。

一応、ステータスを確認する。

【名前】ツエモト　ユウト
【レベル】15
【HP】115／115　【MP】26／63
【筋力】25　【耐久】21　【敏捷】41　【魔力】54
スキル：回復魔法［ヒール］［ヒーリング］

これでHPはフル。

最悪の事態に備えるなら、これだけで十分だ。ていうか、他にできることはないんだけど。

MPが半分以下でかなり心許ないため、ヒーリングの無駄撃ちはできない。

効果を確かめるのは実戦での一発勝負になる。

右手に携えたクルスロッドをぎゅっと握ると、俺はさらに強く地面を蹴って通路を駆け抜けた。

三分ほどで、先ほどと同じようなスタンプトレントの群れに出くわした。奴らは前方でギシギシと体を擦り合わせて道を塞いでいた。

ここはさっきノアが突破していった場所だ。そこが塞がれているとなると、奴らはまた地面から復活したということになる。

もしかしたらノアは、スタンプトレントの復活時間がかなり早いことも見越して、助けを呼んできてほしいと言ったのかもしれない。

きっとこの奥に足止めを食らっているノアがいるはずだ。

「ぐっ……」

スタンプトレントの大群を見ていると、先ほどの惨めな自分が思い起こされ、自然と怒りが湧いてくる。

その怒りをぶつけるかのように、俺は魔物の群れのど真ん中目掛けて全力で突っ込んでいった。

「うあぁぁぁ！」

俺は半分泣き叫ぶような声を出しながら、一番前の敵を注視する。

右の蔓だ。

そう思った時にはすでに左前へ飛んでいた。

そして次の敵は、左蔓。

足が地面に着くや否や、すかさず逆方向に飛ぶ。

すでに別の魔物が側面に回り込み、俺は早くも囲まれつつある。

蔓の猛攻を潜り抜け、敵目前まで接近すると、俺はやにわに杖を真上に掲げて最大の叫びを放った。

もう、弱い自分でいたくない。足手まといになりたくない。

仲間を置いて逃げるのは、嫌なんだ！

「ヒーリングッ!!」

ヒール以上のＭＰ消費を体内で感じる。

一瞬の間があり、失敗したようにも感じられたが……どうやらうまくいったらしい。

話に聞いていたとおり、俺の足元から波紋が広がるようにして魔法陣が展開された。

その色は……紫。

ばっちり闇ヒールの色と一致する。

大きさはおよそ、半径三メートル。

肝心の切り株集団は、隙間も作らずひしめき合っていたお蔭で、十四ちょっと捉えることができている。

計算どおりなら、こいつらはこれ一発で——

「うぐっ……うあぁぁぁ！」

突如、激しい痛みが自分の体を貫いた。

全身を、まるで内側からかき回されているようだ。

熱い、痛い、苦しい、あらゆる苦痛が内側から体を蝕(むしば)んできて、まったく逃れる余地がない。

これが、効果を反転させた……回復魔法。

円内にいる者すべて——その対象には、俺も含まれていたんだ。

「ぐあぁぁぁ！」

『ギギギギギーーーー!!』

闇のヒーリングに苦しむ俺と、スタンプトレントたちの悲鳴が重なりあって、地下迷宮内は狂騒に包まれる。

闇ヒーリングでダメージを負った俺は朦朧としていた。

感覚器官を通して伝わるすべての情報が遠く感じる。痛みに遮られてうまく脳まで伝わってこない。

痛すぎる。

今まで俺と戦ってきた魔物たちは、こんな恐ろしい魔法を受けていたのか。

同情や罪悪感が湧くわけではない。ただ自分の魔法が恐ろしいと思った。

癒しを与えるのとは反対に、痛みや苦しみを引き起こす。

俺は身をもってその効果を知った。

「ぐあっ……あっ……」

痛みのあまり、俺は地面に伏して嗚咽を漏らす。

同時に脳内では、レベルアップを知らせる鐘の音が鳴り響いている。だがこの喜ぶべき知らせも、今は鬱陶しく感じられる。

察するに、どうやら円内に入ったスタンプトレントたちはちゃんと倒せたらしい。

「(……ぐっ……ヒ、ヒール)」

痛みを堪え、小さく擦れた声で、俺は回復魔法を発動させた。

左手を微かに動かし、自分の体に触れる。

その直後、すべての痛みと苦しみが取り払われ、詰まっていた息を一気に吐きだした。

「うあっ！　……はぁ……はぁ……はぁ……」

意識がはっきりしてくるのと同時に、先ほど味わった苦痛と恐怖が脳裏に浮かび、背筋がぞっとする。

考えていた以上に、痛くて苦しかった。

ヒールを使わなかったら、あのまま動けずに死んでいたはずだ。

死の一歩手前の痛みを伴う、ヒーリングの効果反転。

あんなもの、もう二度と使いたくない。

だけど、目の前にはまだまだ敵の大群がいて、通路の奥側なんて全然見えない。

一度に倒した数こそ多かったけれど、まだノアのように道を切り開くこともできていないんだ。

ノアは三人組を助けに行くために通路を開けた。

なら俺もノアを助けに行くために通路をこじ開ける。

だって、もう……足手まといになんか、なりたくないんだよ。

「うおぉぉぉ！」

今にも震えだしそうな手を無理矢理抑え込むように、力一杯杖を握りしめる。

またあの苦痛を味わうと考えただけで、今にもこの足が止まってしまいそうだ。

だけど、こいつらを一掃できる可能性があるなら……

ノアのいる場所まで、届く可能性があるのなら……

俺は、この魔法を使い続ける。

「ヒーリングッ！」

ぶわっ、と踏み込んだ右足から魔法陣が展開された。

限界まで奴らに近づいたお陰で、またかなりの数を円内に収めることができている。

『ギギギギギーーーー!!』

俺は数瞬後に訪れる絶大な痛みに備えて、歯を思い切り食いしばった。

「ぐあぁぁぁ!!」

意識を強く保ち、再びあの痛みを感じ取った瞬間、すかさず左手を自分の胸に当てた。

「ヒール！」

柔らかい薄黄色の光が、闇ヒーリングによって蝕まれた俺の体を瞬時に癒してくれる。

俺は闇ヒーリングのリスクを……自分に降りかかってくるダメージを……一瞬のものにしてみせた。

「はぁ……はぁ……はぁ……」

いける……かもしれない。

一瞬感じる痛みはすごく嫌だけど、これならなんとかなるかもしれない。

息遣いを荒くしながらステータスを確認する。

現在の残りＭＰは12。

ヒーリングを使う前が26だった。

この戦闘でヒーリングとヒールを二回ずつ使ったから、導かれるヒーリングの消費ＭＰは……一回につき５。

あと二回使える。

見ると、奥側の通路に隙間ができ始めていた。

そして、未だ残っている大群の奥に、こんな迷宮内では珍しい、俺にとってはすっかり見慣れた青い人影が……

この戦法でいけば、俺一人の力でこいつらを一掃して……ノアを助けることができる。

「うおぉぉぉ！」

またも俺は、魔物の群れのただ中へと走り出した。

無謀な突進。

敵だって黙って見ているわけではないのだが、それでも俺はこいつらを一掃できる可能性を信じて突き進んでいった。

襲い来る木の蔓を、出来損ないの反射神経と勘だけで避けながら、奴らの間近に迫る。

もしかしたら僅かに受けたダメージが蓄積して、今度こそ本当に闇ヒーリングで死んでしまうかもしれない。

だけど、そんなの構うもんか。

こいつらを、何がなんでも倒す！

「ヒーリングッ！」

敵の大群と俺自身の体が魔法陣に包まれる。

足下から紫色の光が瞬き、洞窟内を一瞬だけ輝かせた。

『ギギギギギーーーーー!!』

闇ヒーリングを受けた切り株の大群が、盛大に断末魔の叫びを上げた。

当然、そのダメージは俺にも来る。

「ぐっ……うあぁぁぁ！　……ヒ、ヒール！」

痛みを感じると同時に、自身にヒールを掛ける。強烈な痛みが体の内側を一瞬だけ掠めて消え去っていった。

同時に場違いな鐘の音がやかましいほど頭に響いてくる。

大量にいたはずの切り株型モンスターは数を減らし、今や残り僅か。

そしてそのスタンプトレントたちによって作られた一枚岩の向こうには、俺以上に血相を変えたノアの姿が。

あと一回だ。

あと一回で、俺のＭＰと、魔物の大群が同時に消え去る。

たとえ次の闇ヒーリングのダメージを癒やせないとわかっていても……

この力で自分自身を殺してしまう可能性があったとしても……俺は最後の魔法を、こいつらを倒すために使ってやる！

「ヒーリングッ!!」

残りのスタンプトレントたちが一斉に苦悶の呻きを上げた。

同時に想像を絶する痛みが俺の体に流れてくる。

痛くて苦しい。

だがもう、自分を回復させるだけのＭＰは残っていないんだ。

今自分が一体どれほどのダメージを負っているのかさっぱり分からない。

俺はこれで、本当に死んでしまうんじゃないか？

——突然、耳を塞がれたかのように、周囲から魔物たちの喧騒が消え去った。

聞こえるのは、頭の中で鳴り続けている甲高い鐘の音だけ。

大量の光の粒子がキラキラと舞う中心に俺は一人でうずくまる。

ノアはこんな無様な格好はしていなかったと思う。

不意に耳に誰かの声が届いた。

「凪さん！」

痛みや苦しみで朦朧として、うまく聞き取ることができない。

でもこれは聞き間違えるはずもない……あいつの声だ。

どうにか視線だけは声のする方へ向ける。

そこには、心配そうな顔で走ってくる少女の姿。

その後ろにはボロボロになったあの三人組。

どうやら、皆無事みたいだ。

その安心感からか、突然ふっと意識が暗転した。

＊＊＊＊＊＊

……あれ……なんだろう……これ……

意識が戻りかけた俺が最初に感じたのは、生きていたことへの安心や、魔物の大群に勝ったという高揚感ではなく、頬から伝わってくるほのかな温もりと柔らかさだった。

確か俺は地下迷宮の固くて冷たい地面に伏(ふ)しているはずだ。それならばところどころ生えている鋭い草の葉がチクチクと肌を刺して、心地が好いとは言えないものなのだが……

目を開けると、すぐ間近に水色髪の少女の顔があった。

「……ノア？」

「……」

怒っているのか心配しているのか、どちらとも取れない表情。

俺は今、地下迷宮のど真ん中でノアに膝枕をされていた。

こんなに近くにノアを感じたのは、初めてかもしれない。

普段だったらこの状況にどぎまぎしたり緊張したりするだろうが、不思議と今はそんな恥ずかしさが湧いてこなかった。

周りの景色からすると、どうやらここはY字路のあたりのようだ。

それにしても、なんで俺はこんな場所で寝ているんだ？

誰かが運んでくれたのかな？

「……なんで、あんな真似したんですか」

ノアが静かに口を開いた。

「……？」

ノアの不意な問いかけに、俺は微かに首を傾げる。

「なんで戻ってきたんですか！　なんであの大群に飛びこもうなんて考えたんですか！　逃げてくださいって、助けを呼びに行ってって言ったじゃないですか！」

突然のノアの叫びが静まり返った地下迷宮に木霊(こだま)した。

「……」

俺はその言葉をただ呆然と聞いていた。

なぜ自分はあんなことをしたのか。

ノアの言ったとおり、おとなしく助けを呼びにいっていればこんな惨事(さんじ)にはならなかっただろう。

だけど……それでも……

自分の気持ちを正直に言うことがなぜか憚（はばか）られ、俺はノアの問いを適当にはぐらかした。

「……なんか……ムシャクシャしたから……かな」

「……っ！」

その返事を聞いたノアは突然顔をしかめて、俺のおでこに真っ直ぐな手刀を浴びせてきた。

強さは欠片（かけら）もないが、その手はずっと俺の額に載せられたままになっている。

ノアは顔を僅かに背け、絞り出すようにして声を漏らした。

「ホント……びっくりしたんですよ。いきなり目の前の大群が騒ぎ出したかと思えば、奥から囮さんがボロボロになって走ってきて。敵をまとめて倒しちゃうし、自分も傷ついて、ホント……意味分からないです……」

「……ごめん」

俺にはそう言うことしかできなかった。

意味が分からない。傍から見ればそのとおりだろう。

自分自身すら苦しめる魔法まで使って、何をそんなに一生懸命になって魔物なんか倒しているんだと。

足手まといになりたくないなら、それこそこの場から逃げ出すべきだっただろうに。

今さらだけど……ホント、何してんだろうな、俺。

「その魔法、もう絶対使っちゃダメですよ」

そんな声が、すぐ頭上から降ってくる。

見ると、ノアはとても真剣な様子で俺のことをじっと見ていた。

言われなくても、こんな危険で力任せな荒技、もう二度と使いたくない。

それに何より……

「まあ、ノアに当たったら、大変だもんな」

微かに体力が戻ってきた俺は、どうにか冗談めかして言い返した。

するとノアは、急にムッと顔をしかめると、ぼそっと何ごとか漏らした。

「(………そうじゃないのに)」

「えっ？　何……」

「なんでもないですよ！」

ノアは再び俺に手刀をこつっと食らわせてから、そのまま俺の体を支えて起こしてくれた。

一体どれくらい眠っていたのか分からないが、一応起き上がれるくらいまで体力は回復しているようだ。

俺はその場に座ってあぐらを掻く。

その様子を見たノアは、すっと立ち上がって通路の奥へ目を向けた。

「囮さんはもう少しそこで休んでいてください。私は奥の方に置いてきてしまった囮さんの杖を取りに行ってきます。まあ……何かあったら呼んでください」

少し不機嫌そうにそう言うと、ノアはすたすたと歩いていってしまった。

もしかしたら結構心配させてしまったのかもしれない。

それでいざ俺が起きたら、ムシャクシャしてやった、だもんな。

そんないい加減なこと言われたら、怒るに決まってるか。

俺はノアにひと声掛けるかどうか悩んだが、結局やめた。

俺が寝ている間に魔物は来なかったのか？　俺はどれくらいの時間寝ていたのか？　あの三人組はどこに行ったのか？

色々な疑問が頭に浮かんできたが、何も今慌てて聞くことはないだろう。

……目を閉じて念じる。

……ステータス。

あそこまで大勢の敵を倒したんだ。かなりレベルが上がっているに違いない。

戦闘中には気にする余裕がなかったが、これでさらにノアに追いつくことができる。

だが……表示されたステータスを確認した俺は、目を丸くした。

……なんだよ……これ？

確かにレベルは予想以上に上がっていた。

だけど……それよりも……

ステータス表示の一番下に映し出された文字列に、俺は釘付けになった。

あの時は夢中になっていて気づかなかった——レベルアップを知らせる鐘の音の中に、また甲高い鈴の音が混じっていたことに。

——怖い。

ステータスを見た俺が最初に抱いた感情がそれだ。

闇のヒーリングを食らった俺からすると、それは物凄く怖いものに思えてきた。

明らかに今までの回復魔法より強力なものだと思うから。

こいつは一体どんな効果を持っているのか。

これを食らった魔物は、どれほどの苦しみを味わうことになるのか。

身をもって味わった闇のヒーリングの苦痛を思い出しながら、俺は地下迷宮の真ん中で一人静かに戦慄していた。

【名前】ツエモト　ユウト
【レベル】３０
【ＨＰ】２８／２０５　【ＭＰ】７／９４
【筋力】３６　【耐久】３０　【敏捷】６８　【魔力】８４
スキル：回復魔法［ヒール］［エイドヒール］［ヒーリング］

エピローグ

俺とノアは、予想より遥かに困難だったマッピングクエストを終え、迷宮を出た。

俺が気絶していた時間を考えると、外はてっきり真っ暗かとも思ったが、迷宮から一歩足を踏み出してみると、優しい日の光が俺の目に飛び込んできた。

何度も死線を彷徨(さまよ)っていたせいか、はたまた慣れない気絶なんかしてしまったせいか、時間の感覚がどうもおかしい。

それでも、こうして太陽の光を浴びると、自分が生きていることが実感できる。

何より迷宮内で何かが吹っ切れた俺は、ちょっと生まれ変わったような気分を密かに味わっていた。

魔物の大群との死闘。弱い自分との葛藤。

意識を高めるには十分だったんじゃないだろうか。

生まれ変わったは、少し言い過ぎかもしれないけど。

帰り道の途中まで女の子に肩を貸してもらっていたのだから、格好もつかない。それを微妙に嬉しがっている自分も、本当に情けない。

早々と回復魔法で治せばいいものを、つい甘えてしまった。

まあ、ＭＰが尽きていたってことで……

迷宮を出たその足で、俺たちはマッピングクエストの報告と、ある一つの約束も兼ねて冒険者ギルドへと向かった。

＊＊＊＊＊＊

「本当にすまなかった！」

冒険者ギルドに入って一番最初に出迎えてくれたのは、酒場の美人ウエイトレスさんでもなければ受付嬢のミヤさんでもない。地下迷宮内で出会った三人組のうちの一人、リーダー風の黒髪青年だ。

「助けてくれた相手を取り残すような真似をして、本当にすまない！」

ギルド内は酒場で喚いている屈強な男たちのせいで実に騒々しいが、黒髪青年の声はそれでも俺の耳にまっすぐ入ってきた。

というよりか、あまりに芯の通った声なので若干周りからの注目を集めてしまっている。

ですので、もう少しお静かにお願いしたい。

「い、いえ。そのことは大丈夫ですので……。ていうか助けたのは俺じゃなくて……」

こいつです、と指を差そうとするが、すでにノアは俺の後ろで青ずきんちゃんモード。

視線が集まるこの場所では、極力目立ちたくないご様子だ。

「私たちからも、本当にごめんなさい」

リーダーに続いて盗賊風の少女と魔法使いの優男も頭を下げた。

クエスト報告のついでの約束というのが、これである。

気絶した俺を運んで、なんとかY字路の分かれ道まで辿り着いたノアと三人だったが、リーダー格の男の怪我の状態も芳しくなく、三人には先に帰ってもらうことになった。

その際ノアは、あとで冒険者ギルドに来るように言われたそうなので、こうして来たわけだが……

「本当にすまなかった！」

「い、いいえ。もう大丈夫ですから」

先ほどから続く過剰な謝罪に、なんだかこっちが申し訳なくなってくる。

ギルドにいる人たちの注目も集まってきたし、そろそろ勘弁してほしい……

本来この謝罪を受けるべきは俺じゃなくてノアなのだが、彼女は先ほどからだんまりだ。俺が気絶してる間、どうやって彼らとコミュニケーションを取っていたのか不思議でならない。

「それでだ。全然足りないと思うが、お詫びの品ってことで、これを受け取ってくれないか？」

そう言って、リーダーの男はポケットから紙切れを取り出した。

オートマップだ。

「俺たちはまだマッピングクエストの報告をしていない。あんたたちがマッピングしていない右の通路の部分もマッピングしてあるはずだから、代わりに報酬を受け取ってくれ」

「えっ？　それってつまり……」

俺たちにクエストの報酬を譲ってくれるってことか？

あのＹ字路までの道のりも含めて、もしも俺たちが回った未踏破領域が彼らと被っていたら、あとから報告する方の報酬額はぐーんと下がってしまう。

だが彼らはそれをせず、さらに右の通路の奥までマッピングしたマップもくれると言うのだから、俺たちがもらえる報酬はなかなかの額になるはずだ。

それが彼らのお詫びの品。もといお礼の品というわけだ。

俺は差し出されたオートマップに目を落とし、次いで後ろのノアを振り向いた。

すると彼女は青フードをふるふると揺らしながら、首を横に振った。

ノアも俺と同じ気持ちらしい。俺はその意思を三人組に告げる。

「クエストの報告は、あなたたちが先にしてください」

「しかし……受け取ってくれないと、俺たちの気がすまない」

リーダーの青年は驚いた反応を見せ、同じように残りの二人も口々に抗弁した。

正直俺たちも金は欲しい。だけど、俺たちはすでにこの人たちの目的を……事情を知っているのだ。

ノアはそのことを、Ｙ字路の右の通路から脱出したあと、気絶した俺の隣で三人から聞いたそうだ。

なぜ怪我をしているにもかかわらずマッピングを続けたのか。危険だとわかっている未踏破領域の奥に足を踏み入れたのか。

彼らは元々四人パーティーだったが、仲間の一人が大きな怪我を負ってしまったらしい。その治療費をすぐに用意したくて、レベルに見合わない四階層の未踏破領域に行ったんだとか。

仲間のために無茶をしたってわけか……。

今ならその気持ちも少し分かる気がする。

そんな決死の覚悟で達成したクエストの報酬を受け取れるはずがない。

お人好しなノアも当然な。

「俺たちよりも早くギルドに戻ってきたのは、あなたたちです。ですから報告は順番どおりにしましょう」

「だが、あんたたちが遅れた原因は俺たちにあるわけだし……」

初対面の時はイライラをぶつけてきたリーダーさんだが、心根は優しい人のようで、オートマップを引っ込める気配がまるでない。

このまま拒み続けても埒(らち)が明かないだろうと考えた俺は、後方のノアに耳打ちして、ある提案をした。

するとノアは青フードをふるふる揺らし、今度は首を縦に振って了承してくれた。

正直断られると思ったんだけど、ノアもこの状況から早く脱出したいのかもしれないな。

早速俺は、彼らに提案を伝えた。

「分かりました。では、こうしましょう。クエストの報告は俺たちが先にしますが、オートマップまではいただきません」

「なっ——」

なぜだ!? という言葉が来る前に、俺は続けた。

「そのかわり、一つ約束をしてもらいます」

そして、半ば自分にも聞かせるような台詞を苦い思いで口にした。

「もう、無茶なことはしないでください」

俺がこんな言葉を口にして、どれだけの重さがあるのだろう。

ぼっちで、弱くて、挙句無謀な突撃をしたバカの言葉に、一体どれほどの重さが。

だが、俺の疑問を打ち消すように、すぐ返事があった。

「……わ、分かった」

躊躇いがちだが、リーダーの黒髪青年はオートマップを引っ込めてくれた。

まあ、あの無謀な突撃を近くで見ていたなら、逆の意味で説得力があるか……

そしてもう一つ、俺は彼らにある申し出を付け加えた。たぶんノアが首を縦に振ってくれたのは、俺がこの案を付け足したからじゃないかと思う。

＊＊＊＊＊＊

「これで一件落着だな」

「はい、そうですね」

俺とノアは冒険者ギルドの二つ隣の古びた宿屋の前で、ぐぅーんと一つ伸びをする。

日は傾きかけており、大通りは家路を急ぐ人々でごった返していた。

「ヒール二回で完治してよかったですね」

「まあ、ヒールで対処できない怪我だったらお手上げだったけどな。とにかくあの三人……じゃなくて四人パーティーが無事で何よりだよ」

そう言いつつ、視線を宿屋の二階の窓に向けた。

ギルドでクエストの報告を終えたあと、俺とノアは三人に案内されて怪我を負ったもう一人のパーティーメンバーのところにやってきた。

そして俺の回復魔法で怪我を治して、一件落着。ちょっとばかし多めにもらったクエストの報酬は、その治療代ってことで話がまとまった。

これが提案その二、というわけだ。

「おーい、あんたたちー」

不意に後ろの宿屋から、一人の人物が駆け寄ってきた。

黒髪の青年。パーティーのリーダーさんだ。

「仲間の怪我まで治してくれて、本当にありがとう。改めて礼を言うよ」

「い、いいえ。ちゃんと治療費代としてクエストの報酬を多くもらってるので、お礼なんて……」

「いや、何から何まで本当に助かった。それと、色々迷惑も掛けてすまなかったな」

往来で互いにペコペコと頭を下げ合う俺たち。

「あんたたちほどの実力者なら、やっぱりボスの攻略戦にも参加するんだろ？　俺が言うのもなんだが、気を付けてくれ」

「えっ？　ボスの攻略戦？」

そんなものがあるなんて、初耳である。

俺の背後でまたも青ずきんちゃんモードになったノアも、きょとんと首を傾げている。

戸惑う俺たちを見たリーダーさんは、慌てて付け加えた。

「あぁ、そうか。あんたたちはさっきギルドに戻ってきたんだもんな、知らないのも当然か。なんでも、このドルイの街の南にあるアバットって街の迷宮が攻略されたらしいんだ」

「あっ……」

ものすごく身に覚えのある内容で、思わず声が漏れた。

だが、それを意に介す様子もなく、青年は続ける。

「その知らせにこの街の冒険者たちもやる気を滾(たぎ)らせていてな、何年かぶりに本格的な地下迷宮攻略に挑むそうだ。予想では最下層までの攻略に一週間。だから一週間後にはボスの攻略戦が始まるって噂だぞ」

「へ、へぇ～。そうなんですか」

ボスの攻略戦か……俺たちにとってはおあつらえ向きのイベントだ。地下迷宮攻略を目指すノアも、きっと参加するって言うだろう。

それまでに、もう少し強くならなきゃだよな、俺。

青年は熱っぽく語り続ける。

「アバットの地下迷宮っつったら、無敵のボスがいるせいで攻略不可能って言われてたじゃないか。よく倒せたもんだよな」

あ、それ倒したの、俺なんですよ——と、心中で自慢するも、まったくの偶然でボスを倒したのだから、恥ずかしくて言いふらせないけど。

だが、自分たちの行いがこうやって世の中に流れを生んでいく様を見るのは悪い気分じゃない。

青年は、思い出したように付け加えた。

「なんでも女の子が一人でボスを倒したらしいが、あまりに影が薄すぎてどんな子だったか誰も覚えていないんだ。噂が噂を呼んでるぜ？　高名な冒険者が偽名を使ったんじゃないかとか、実は幽霊だとか、ロリ顔隠れ巨乳の美少女に違いないとかな。どんな奴なのか、俺もちょっと見てみたい気もするが……」

や、やめてあげて。

後方から発せられる無言の圧力を感じ、恐る恐る振り向いてみる。

そこには、小さな可愛らしい手をぐっと握りしめて小刻みに震える青ずきんちゃんが。

ホント、やめてあげて。

「私、先にギルドに戻ってます」

ノアは後ろでぼそっとそう囁くと、てくてく一人で歩き去ってしまった。

どうやら機嫌を損ねてしまったらしい。

その姿を見た黒髪の青年は俺たちを気遣う様子を見せた。

「あっ、悪い、話が長すぎたか」

「い、いえ。気にしないでください。……そ、それじゃあ」

俺もノアに便乗して話を切り上げた。せっかくだから一杯どうだ、なんて誘われでもしたらたまらないからね。

だが、立ち去ろうとする俺の背中に声がかかった。

「最後にもう一度だけ言わせてもらうが、くれぐれも無茶はしないでくれよな」

言葉の意味を取りかねて振り返ると、なぜか少し辛そうな青年の顔があった。

「あんた、俺と同じ種類の人間だ。仲間のためなら、どんな無茶でもする。そんな風に見えるんだよ。……でも気をつけてくれ。結局それが大事な仲間を傷つけちまうこともあるんだ……」

そう言って、彼は力なく笑った。

この人は迷宮での出来事を悔いているんだ。

怪我を負った仲間のために、無理を承知でクエストに出た。

さらに自分の負傷を押してまで探索を続行したせいで、残りの仲間二人も危険な目に遭わせてしまったのだ。おそらく三人で話し合った上での行動だったんだろうが、リーダーである彼がその責任を感じるのは仕方がない。

やめておけばよかった。利口でいればよかった。もっと自分が強ければよかった。

そう思っているのなら、俺と彼は確かに似ているのかもしれない。

「引き留めて悪かったな。それじゃあ、本当にありがとう」

右手を振って、青年は宿屋に戻っていく。

それに俺は、弱々しく頷くことしかできなかった。

「……は、はい」

残された俺は、彼の言葉と地下迷宮での出来事を一人振り返る。

仲間のためなら、どんな無茶もする……か。

ぼっちの俺が？

いや、ぼっちだからこそだ。

自己犠牲とか献身とか、そんな綺麗事じゃない。

俺は恐れたんだ。

たった一人の仲間を失うことを。仲間から置いて行かれてしまうことを。

あんなのはもう絶対にご免だ。

俺も、強くならなくちゃ。

自分のためではなく仲間の……ノアのために。

「無茶な人間、か」

本当にそのとおりだと自嘲しながら、俺は守るべき——もとい、追いつかなければならない相手に目を向ける。

　未だ怖くて目を逸らしている新しい魔法のこと、そして一週間後に始まるというボス戦のことを考えながら、遠くに見える青い影を追って、夕暮れの雑踏を歩き始めた。

シリーズ20万部突破!
大人気小説「Bグループの少年」
ゲームアプリで
タップバトルRPG
登場!!
B少タップ!
~Bグループの少年激闘編~
タップするだけ
簡単操作!
【Android】Google Play
【iOS】App Store
で好評配信中!
世界制覇を目指し、
タップ連打で敵を蹴散らせ!

「俺は目立ちたくない!」

実力を隠して地味を装うエセBグループ少年——
助けてしまったのは学園一の
超Aグループ美少女!

中学時代、悪目立ちするA(目立つ)グループに属していた桜木亮は、高校では平穏に生きるため、ひっそりとB(平凡)グループに溶け込んでいた。ところが、とびきりのAグループ美少女・藤本恵梨花との出会いを機に、亮の静かな日常は一転する——!?

1～6巻好評発売中!

各定価:本体1200円+税　illustration:霜月えいと

コミック最新刊
「Bグループの少年X」
絶賛発売中!

「Bグループの少年1・2」
漫画:うおぬまゆう

「Bグループの少年X」
漫画:梵辛

各B6判　各定価:本体680円+税

異世界転移したよ!
Transferred to a different world
八田若忠
Yatsuta Wakatada
第8回
アルファポリス
ファンタジー小説大賞
“特別賞”
受賞作!
強烈なドワーフ一家に
拾われて始まっちゃったよ!
俺のドタバタ生産ライフ!
斜め上行くギャグ&チート
生産ファンタジー、開幕!
交通事故で死んだ俺・大道寺凱は、「サラミ出し放題」「穴掘り」というしょ～もないスキルとともに異世界に転生した。そこでムキムキの強面ドワーフに拾われ、「美人と評判の3人娘」がいるという彼の家に居候することになったのだが……この3人、凶暴で残忍で、まるで殺し屋だよ!?　こうして俺と強烈ドワーフ一家の、ギャグ&チートな生産ライフが始まっちゃった!

空 水城（そら みずき）

千葉県出身。2015年よりウェブ上で「ぼっちは回復役に打って出ました～異世界を乱す暗黒ヒール～」の連載を開始。一躍人気となり、2016年同作で出版デビュー。

イラスト：三弥カズトモ
http://npdesu.sakura.ne.jp/

本書は、「小説家になろう」（http://syosetu.com/）に掲載されていたものを、改稿のうえ書籍化したものです。

ぼっちは回復役に打って出ました —異世界を乱す暗黒ヒール—

空 水城（そら みずき）

2016年 5月 27日初版発行

編集－仙波邦彦・篠木歩・太田鉄平
編集長－塙綾子
発行者－梶本雄介
発行所－株式会社アルファポリス
〒150-6005東京都渋谷区恵比寿4-20-3恵比寿ｶﾞｰﾃﾞﾝﾌﾟﾚｲｽﾀﾜｰ5F
TEL 03-6277-1601（営業） 03-6277-1602（編集）
URL http://www.alphapolis.co.jp/
発売元－株式会社星雲社
〒112-0012東京都文京区大塚3-21-10
TEL 03-3947-1021
装丁・本文イラスト－三弥カズトモ
装丁デザイン－AFTERGLOW
印刷－中央精版印刷株式会社

価格はカバーに表示されてあります。
落丁乱丁の場合はアルファポリスまでご連絡ください。
送料は小社負担でお取り替えします。

ISBN978-4-434-22018-0 C0093